君のとなりで片想い

高瀬花央 作 ／ 綾瀬羽美 絵

君のとなりで片想い

もくじ

Kase-kun

登場人物紹介

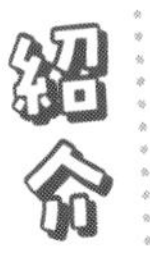

広崎梨奈（ひろさきりな）

高校2年生。同じクラスの加瀬くんに片想いしているけれど、緊張（きんちょう）してうまく話せない。

加瀬功太（かせこうた）

梨奈のクラスメイト。
サッカー部のさわやかイケメン。
実は甘（あま）いもの好き。

?

恋助さん（こいすけ）

梨奈が好きなWeb（ウェブ）小説家。

森島さつき

梨奈の親友で、
片想いを応援している。

三浦くん

女の子慣れしていて、
子犬みたいな男子。

長谷部真也

クラスメイトで、
加瀬くんと同じサッカー部。

鈴村さん

美人で有名な同級生。

プロローグ

好きな小説家がいる。

その小説家の名前は『恋助』。

あるサイトに小説を投稿している、男性のweb小説家だ。

私の一日は、彼の小説を読むことで始まり、彼の小説を読むことで締めくくられる。

恋助さんは、ひとつの作品の中で男性目線と女性目線の両方を書いているのだけれど、どちらのセリフも男心、女心を理解したものばかりで、私はいつも感心させられる。

恋助さんの小説の中には、私がうまく言葉にできなかった気持ちを、ぴったりの言葉で表現したセリフや、あのときこうすればよかったんだ、と思わせるシーンが数多く登場する。

彼の小説を読んで、私は気づく。

私はあのとき、こんなふうに感じていたのだと。こんなふうに行動したかったのだと。

こういう気持ちを、相手に伝えたかったのだと。

◇◇◇◇◇◇◇◇◇◇◇◇◇◇◇◇◇◇◇◇◇◇◇◇◇◇◇◇

「一緒（いっしょ）に帰らない？」

「……」

大好きな彼に突然（とつぜん）さそわれ、私はドキドキしすぎてうまくしゃべれない。まっ赤になりながら、さしだされた彼の右手を返事の代わりにぎゅっとにぎると、彼はうれしそうにほほえんでくれた。

◇◇◇◇◇◇◇◇◇◇◇◇◇◇◇◇◇◇◇◇◇◇◇◇◇◇◇◇

ベッドの中で更新（こうしん）された最新ページまで読み終え、次に続きから読めるように《しおり》のマークを押（お）す。

ふあ、とあくびをして、私は部屋の電気を消した。枕元（まくらもと）に、スマホを置いて……。

第一章

私、広崎梨奈は、好きな男の子と話すのが苦手だ。他の男の子とはそれなりに話せるのに、好きな男の子の前ではいつもフリーズしてしまう。

顔の表情も、体の動きも、声も、全部。

もしかすると、呼吸も少しくらい止まっているかもしれない。

唯一、頭の中の思考回路だけは動いているが、好きな男の子を前にしてどうやって接すればいいのかわからず、早くなにかしゃべらなければ、と思えば思うほど、頭の中がパニックになってしまう。そして、いざ話しかけようと脳に命令を下しても、緊張しすぎてうまく言葉が出てこない。

ひどいときには声も出ず、動くこともできなくなってしまうのだ。


始業式の日の朝。

はりだされたクラス発表の紙の前に、みんながむらがっていた。私も、少しうしろから自分の名前をさがす。

二－Aと書かれた紙に『広崎梨奈』の名前を見つけた。次に私がさがした名前は『加瀬功太』。加瀬功太くん。私の好きな人。一年生のころからずっと片想いしてる人。

「あ……」

あった。二－Aの紙に加瀬くんの名前を見つけた。偶然にも、一年生のときも同じクラスだった加瀬くんと、また一緒になれたのだ。思わず顔がほころぶ。

次に親友の『森島さつき』の名前をさがそうとしたとき、クラス発表を見ながらワイワイさわいでいる集団のひとりが、クルッとふりかえった。

――加瀬くんだった。

ドキ、と心臓がはねる。私と目が合うと、加瀬くんはニコッとほほえんでこちらに歩いてきた。

それと同時に――、私のいろんな動きがピタッと止まった。

「広崎、また同じクラスだな」

「……」

「よろしく、な」

「……」

……な、なにか話さなきゃ。頭の中ではわかってるのに、言葉が出てこない。

「広崎？」

加瀬くんが不思議そうに、私を見つめる。

……やだ、加瀬くんに変に思われちゃう。「こちらこそ、よろしくね」ぐらい言わないと。

「……」

……ダメ……声、出ない。

緊張で、口の中がからからにかわいてくる。

私はフリーズしたまま、じっと彼を見つめた。ふたたび彼が口を開きかけたとき、加瀬くんと同じサッカー部の長谷部くんが声をかけてきた。

「よ、加瀬。今回は一緒のクラスになれたな」

「おー、よろしく。じゃあ広崎、また」

くるりと背中を向けて長谷部くんのほうに歩いていく加瀬くんを見つめながら、知らないうちに止めていた息を、はぁー、と吐きだす。

二-B

——まだ、ドキドキしている。加瀬くんが話しかけてくれた。「また同じクラスだな」、て。うれしい。また一年間、同じ教室で彼のことを見つめることができる。

私がひとりで幸せにひたっていると、森島さつきにバシッと背中をたたかれた。

「梨奈、やったね。また同じクラス」

「え……あ、ほんとだ。よかったー、さつきとまた一緒で」

チラッとクラス発表の紙に目をやり、私の名前の数人うしろに『森島さつき』の名前を確認する。

「梨奈、今確認したでしょ」

「ごめん……」

「ひどーい。私なんて、自分の名前より先に梨奈の名前を見つけたんだよっ」

名前は男女別々で五十音順に並んでいるので「ヒ」から始まる私と「モ」から始まるさつきでは、私の名前が前に書かれている。

名簿の最初から順番に名前を見ていったさつきは、自分より先に私の名前を見つけたらしかった。

「だからごめん、ってば。次はさつきの名前をさがそうとしてたんだよ」

「うう。加瀬くんに順番をぬかされるとは」

「いや、加瀬くんがぬかしたわけじゃなくて、私が……」

「俺が、なに？」

いつのまにか、加瀬くんと長谷部くんが私たちのすぐそばに立っていた。

ど、どうしよう。さっきみたいにふたりきりじゃない分、私のフリーズ具合もましだけど。

とりあえず声は……出ないみたい。

私がフリーズしていることを知っているさつきが、助け舟を出してくれた。

「今ね、梨奈と一緒に、加瀬くんもまた同じクラスだねって話してたの。ね、梨奈」

声は出ないので、コクンとうなずいてなんとか返事をする。

「え……あ、ほんとだ。森島、またよろしくな」

「加瀬くん。今、確認したでしょ」

「ん」

「ひどいなあ、ふたりして」

「ふたり？」

「梨奈も私より、だれかさんの名前を……」

ちょっ、さつき、なに言ってっ……。

「ごめん。女子の名前は見てなくて」

「もー、男女平等にしてよ」

「いや、そういうことじゃないし」

「森島さん、おもしろいなー。俺、長谷部真也。俺も同じクラスだから、よろしくね。広崎さんも」

私は引きつった笑顔を見せて、「よろしく」と小さく返事した。加瀬くんはなにか言いたげに、じっと私を見ていたが、そのままなにも言わずに長谷部くんといってしまう。

あ……きらわれちゃった、かな。

自分が話しかけても返事ひとつしない私が、長谷部くんには、ぎこちないながらも笑顔で返事したから。

加瀬くん、私のこと「感じ悪いやつ」って思ったかもしれない……。

ヘコんでいる私の背中を、さつきはバシッとたたいた。

「梨奈、いつまでフリーズしてるの」

「うん……」

「せっかくまた、加瀬くんと同じクラスになれたんじゃない。フリーズしてる場合じゃないでしょ」

「う、わかってる」

「私が同じクラスなのは知らなかったのに、梨奈と同じクラスになったのは知ってたんだよ。少なくとも私より、興味もってくれてるってことなんだから」

「うん、ありがと……」

でもたぶん、それは――、長谷部くんの名前の下に、私の名前が書いてあったから。

はりだされた紙には男女別で五十音順に名前が並んでいるので、「ハ」から始まる長谷部くんと「ヒ」から始まる私とは出席番号が近く、長谷部くんと私の名前は上下に書かれていた。加瀬くんは、長谷部くんの名前をさがしたときに、偶然私の名前を見つけたのだろう。

私はふりむいて、そっと加瀬くんのうしろ姿を見つめた。それでも、偶然でもうれしかった。

私はこの偶然を大事にしたい。そして恋助さんの小説の登場人物のように……、いつか私も自分の気持ちを加瀬くんに伝えたい……。

　神様がくれた偶然に、私は期待せずにいられなかった。


　家に帰って制服を着替えてから、スマホで恋助さんの小説の更新状況を確認する。まだ更新されていないようなので、しおりのページを開いて、昨日の夜に読んだページをもう一度読み返してみた。

「いいなあ……」

　小説の主人公の女の子が、大好きな彼を前にして緊張からうまくしゃべれなくなるシーン。彼女の気持ち、私にはわかりすぎるくらいわかる。

　少し状況はちがうけれど私も今日、主人公の女の子と同じように、大好きな彼に話しかけられたのに、緊張してなにも話せなくなってしまった。

　だけど、彼女は私とはちがう。彼女は勇気を出して、一歩前にふみだした。さしだされた手をにぎって、言葉ではなく行動で、ちゃんと彼に気持ちを伝えた。

　フリーズしたまま、なにもできなかった私とは……全然ちがう。

「コメント、書いてみようかな」

ふと、そんなふうに思った。

恋助さんのファンはたくさんいる。小説を読んだ感想やコメントが、毎日多くのファンからよせられている。その数はあまりにも多くて『とても全員に返事を返すことはできないけれど、読者の方からの声はいつも楽しみに読んでいます』という恋助さんのコメントを、以前読んだことがあった。


『恋助さんの小説、いつもドキドキしたりキュンキュンしながら読んでいます。

主人公のアヤカが、大好きな彼の前でうまくしゃべれなくなる気持ち。ものすごくよくわかります。

私もいつも、好きな人を前にすると緊張して声も出ないし、カチカチに固まってしまうんです。今日も好きな人がせっかく話しかけてくれたのに、ひとことも話すことができませんでした。

でもいつか、私もアヤカのように彼に好きな気持ちを伝えたい。恋助さんの小説から勇気をもらいながら、少しずつ彼に近づいていけたらいいな、と思っています。これからも応援(おうえん)しています』

ちなみに私のユーザーネームは『ヒナ』だ。『ヒロサキ　リナ』の、最初と最後の二文字を合わせて、『ヒナ』。

長すぎるかな。初めてコメントを書くので、要領がよくわからない。

何度か読み返したあと、思い切って送信ボタンを押した。

「わー、送っちゃった」

ベッドに座って、床につけた足をバタバタいわせる。

もちろん返事は期待していないが、そのうち恋助さんが私のコメントを読んでくれるかと思うと、テンションが上がらずにはいられなかった。

夜、寝る前にもう一度ベッドの中で確認したら、恋助さんの小説が更新されていた。

◇◇◇◇◇◇◇◇◇◇◇◇◇◇◇◇◇◇◇◇◇◇◇◇◇◇◇◇◇◇

「一緒に帰らない？」

思いきって俺はアヤカをさそった。そっと右手をさしだす。アヤカはだまったまま、ただじっと俺を見つめていた。彼女は困ったように、表情をこわばらせている。

長すぎる沈黙に、あせりすぎた自分を後悔しかけたとき、アヤカが俺の手をギュッとにぎった。アヤカのほんのりと赤く染まった顔を見て、俺は抱きしめたくなる衝

◇◇◇◇◇◇◇◇◇◇◇◇◇◇◇◇◇◇◇◇◇◇◇◇◇◇◇◇◇◇

◇◇◇

動をなんとかおさえて、彼女の手をギュッとにぎりかえした。

◇◇◇

しおりをはさんでから、今日の自分をもう一度思い出してみる。

やっぱり、話しかけてるのになにも返事しなかったら、変に思うよね。

「はぁ……」

なんで私、こんなふうなんだろ。自分でも嫌になってくる。

アヤカみたいに、まっ赤になりながらも手をにぎるとか、できたらよかったのに。

私も赤くなっていたとは思うけど、ただじっと見つめるだけだったし……いや、よく考えたら、ちょっとにらんでるように見えてるかも。

それにアヤカの場合は、彼が手をさしだしてくれたからその手をにぎったのであって、
私の場合、同じようにしたら自分から手をにぎることに……。

無理、ムリムリ。声すら出ないのに、そんな上級者向けのことできない。

でも、つないでみたいな、加瀬くんと。

もしも恋助さんの小説と同じように、加瀬くんに「一緒に帰らない?」って言われたら。

そのときは絶対にさしだされた手をにぎって、自分の想いをちゃんと伝えたい。

「ずっと、好きでした」って。

そしたら加瀬くんは、どんな反応をするだろう。

笑ってくれるといいな。加瀬くんの笑った顔、大好き。

やさしくほほえんだ顔も、照れたように笑う顔も、目を細めてクシャって笑う顔も、全部……大好き。


「おはよう」

「あ、梨奈ちゃん。おはよ」

朝の教室はザワザワしている。みんなそれぞれ友だち同士で集まって、しゃべったり笑ったり。

クラスメイトと挨拶をかわしながら、そのザワザワの中に加瀬くんの声をさがす。毎朝、教室にきて私が一番にすることだ。

加瀬くんは、朝練がある日は私より早く教室にいる。今日はたしか朝練があるって、長谷部くんが言っていた。加瀬くんの席をちらりと見るが、そこに彼の姿はなかった。

どこかな、加瀬くん……。

とりあえず自分の席に座ろうとして、ドキリとする。私の席の机に手を置いて、ちょっともたれるようにして、加瀬くんが長谷部くんとしゃべっていた。出席番号順に並んで座っているので、長谷部くんは私の隣の席なのだ。

あ、笑った。加瀬くんが、楽しそうにクシャッと笑った。その笑顔にキュンとしてしまう。私に向けられた笑顔なわけじゃないのに、心がほわってする。

こんな笑顔を朝から見られるなんて、やっぱり同じクラスになれてよかった……。

私が幸せをかみしめていると、

「梨奈、おはよー」

さつきが、私のうしろから声をかけてきた。その声で私に気づいた加瀬くんが、「あ」という顔をして机に置いていた手をどかした。私はドキドキしながら自分の机にカバンをかけて、「おはよう」と小さく挨拶する。

ふたりきりじゃないと、私のフリーズ具合もだいぶ緩和される。それでも目は見られないし、すっごいドキドキしてるし、だいたい今の声もきこえてるかどうか……。

「おはよ、広崎」

「広崎さん、おはよう」

よかった、きこえてたみたい。

「広崎」

「は、はいっ」

突然、加瀬くんに名前を呼ばれてビクッとした私は、やけにはぎれよく返事してしまった。

加瀬くんが、ブッとふきだす。

「や、そんないいお返事されるようなことじゃないんだけどさ。ごめん、俺がいたから座れなかった？」

笑われて赤くなりながら、返事の代わりに首を横にふる。

「なら、よかった」

加瀬くんはそう言うと、ふわりとほほえんだ。

わ、わ。今のは私にほほえんでくれたんだよね？

うれしい……うれしいけど……、ドキドキしすぎて胸が苦しい。これ以上ここにいたら、私のフリーズ具合もどんどんひどくなってしまう。

私はせっかくほほえんでくれた加瀬くんに言葉を返すこともできずに、そのままさつきのところへ逃げてしまった。

　さつきが私を見て、あきれたようにため息を吐く。

「十点」

「十点って、なにが？」

「今の梨奈の、一連の行動が。かろうじて挨拶はしたみたいだけど、せっかく好きな人が自分の席の近くにきてくれて、話しかけるチャンスなのに、逃げてきてどうするの」

「うう、わかってる。わかってるんだけど、どんどんフリーズしてきちゃって、早くしないと、うなずくこともできなくなりそうだったから……」

「そのフリーズするくせ、なんとかしないとね。そんなんじゃ、いくら好きな人がいても自分の気持ちも伝えられないし、もしつきあったとしてもキスもできないよ」

「キ、キスって……」

　朝から刺激的なさつきの発言に、動揺してしまう。

「え？　だって梨奈、加瀬くんのことが好きなんでしょ」

「さつき、声大きい」

「ごめん。でもさ……」

さつきが、声をひそめて言った。

「好きなら、いつかつきあいたいと思わないの？」

「それは、思うけど……」

「だったら、キスすることも想定しとかないと。フリーズしたままじゃ、加瀬くんがかわいそうだよ」

「かわいそう？」

「だって、甘いキスをしようと思ったら……」

話の途中で、ガラガラと教室の前の扉が開いて担任の小西先生が入ってきたので、私はあわてて自分の席にもどった。

いすに座って机の上に両手を出すと、はしっこのほうがあたたかいことに気づく。

ここ、さっきまで加瀬くんが手、置いてたから……。

そっとその場所にてのひらを重ねる。トクン、と心臓がはねる。

あったかい。加瀬くんと手をつないだら、こんなふうにあったかいのかな。窓際に近い席に座る加瀬くんを、ななめうしろのほうからそっとながめる。

あ……やだ。さつきが変なこと言うから。「甘いキス」とか言うから、加瀬くんを見るのがいつもよりはずかしくなっちゃう。

私は制服のブラウスを、きゅっとにぎった。胸のトクトクって音が手に直接響いてきて、よけいにドキドキが大きく感じられる。

「広崎さん」

となりの席の長谷部くんが、私の机を指先でトントンとたたいてきた。

「気分、悪いの？」

「え？」

「顔赤いし、胸押さえてるから」

「あ、ううん。ちがうの、これはちょっと……」

ちょっと、加瀬くんを見てドキドキしてました。とは言えないし……。

「ちょっと、なに？」

「あ、なんでもないの。大丈夫だから。まだ、顔赤いかな」

「んー」

長谷部くんは、首をかたむけて私の顔をのぞきこむ。

「いや、もう赤くないよ」

「ありがと、気にしてくれて」

「はい、そこのふたり。静かに」

こそこそとしゃべっていたら、小西先生に注意されてしまった。クラスのみんなが、一斉にこっちに注目する。加瀬くんは、ちらりと私と長谷部くんのほうを見て、そのままニコリともせずに視線を前にもどしてしまった。

「あいつ今、妬いたのかな」

「えっ」

「はは、そんなわけないか」

そんなわけ、ないんだ……。

加瀬くんと仲のいい長谷部くんに言われると、「加瀬くんが私のこと、なんとも思ってない」ってことを間接的に言われたみたいで、へコんでしまう。

一時間目の授業が終わり、休み時間になると、また教室の中がザワザワし始める。

長谷部くんが席を立って、ロッカーの前にいる加瀬くんになにか話しかけた。

私もロッカーに置きたい物があったので、ふたりのすぐ近くにいくことになり、近づくにつれて言葉がききとれるようになる。

「加瀬、なんか機嫌悪くない？」

「……別に。それよりさっきなに話してたんだよ。長谷部が話しかけるから、広崎まで先生に怒られちゃっただろ」

「ちがうって。広崎さんがさっき顔が赤かったから、体調が悪いのかな、って心配してたんだよ。ね？」

「う、うん」

「え、体調悪いの？」

加瀬くんが私の顔をじっと見つめる。

わわっ、そんなに見られたら余計に顔が……。

「ほんとだ、顔赤い。熱があるんじゃないの？」

ふたたび赤くなった私を見てそう言うと、加瀬くんは一歩近づいて、おでこに手をのばしてきた。

うそ……加瀬くんの手が、私のおでこにふれ、る……。

まともに顔を見られなくて、私は思わず目をぎゅっとつむって、うつむいた。と、加瀬くんの手がピタッと止まる。

「あ、ごめん。おでことかさわられるの、イヤだよな」

え……ちが、う。イヤだったんじゃなくて、はずかしかった、から……。

ちゃんと言いたいのに、フリーズして言葉が出ない。

申し訳なさそうにする加瀬くんに、わずかに首をふって意思表示するが、彼は気づかない。

「ていうか、おでこに手をあてても正確に検温できないだろ」

長谷部くんが会話に入ってきてくれて、私のフリーズ具合は少しマシになった。

「あの、本当になんでもないから……」

やっとの思いで声をふりしぼると、私は赤くなった顔をかくすように、くるりと背を向けて、その場をはなれた。


帰りのバスの中で、何度目かわからないためいきを吐く。

……今日の私の態度、加瀬くん、絶対誤解してるよね……。

加瀬くんは、顔が赤くなった私を見て、熱があるのかと心配して、おでこをさわってくれようとしたのに。まるで、加瀬くんにおでこをさわられるのを拒否したみたいな反応しちゃった……。

「はぁ……」

また、ためいきが出る。長谷部くんが私のとなりの席のおかげで、一年生のころより加瀬くんと話す機会がふえているのに、フリーズしてしまうせいで返事もまともにできてない。

いつも逃げるように立ち去ってるし、まるでシカトしてるか、さけてるみたいじゃない。あ、私が加瀬くんのことをきらってると、かんちがいされたらどうしよう……。

おでこを窓ガラスにコツンとぶつけ、もう一度大きくためいきを吐く。

吐き出された息で、バスの窓ガラスが白くくもった。

その日の夜。さつきとメールをしていたら、少し遅い時間になってしまった。

寝る前に、日課になっている恋助さんが小説を投稿しているサイトを開くと、メッセージが届いている。

「え……」

ええ――っ。うそ、なにかのまちがい？

でも、ちゃんと『ヒナさん』て書いてあるし、まちがいなく私あてだよね？

スマホをもつ手が、緊張でふるえる。

私にコメントの返事をくれたのは、私がずっとずっと大ファンで、毎日小説が更新されるのを楽しみにしている、『恋助』さん本人からだった。

「な……恋助さんが、私にどうして、うれしい……」

興奮しながら、書きこまれたコメントに目を通していく。


『ヒナさん、初めまして。小説にコメント、ありがとうございます。


ヒナさんも最近、アヤカのように好きな彼の前でうまく話せなくなる、という経験をされたんですね。もしよろしければ、そのときのお話、シチュエーションなどをくわしく話していただけないでしょうか？

僕の小説は、読者の皆さまをはじめ、僕のまわりにいる人たちの恋愛体験を参考にして書いています。実際に今、片想いの恋をしてる方のお話をきくことで、アヤカのセリフや動きも、よりリアルなものになってくるのです。もしご協力いただけるのなら、お礼と言ってはなんですが、ヒナさんの恋を応援したいと思います。

彼の気持ちがわからないとき、ひょっとして男同士ならわかることがあるかもしれません。できる範囲でアドバイスさせていただきます。ゆっくり考えて返事を下さい』

「……どうしよう」


恋助さんからのメッセージは、予想外の内容だった。コメントを送ったことといつも作品を閲覧していることへの、お礼の言葉くらいだと思っていたのに。

恋助さんに私のフリーズした話をしたところで、とても小説の参考になるとは思えない。

それに、好きな人に話しかけられて返事もできないようなそんななさけない話、あこがれの恋助さんに話すなんて、はずかしすぎる。

だけど……、これはいいキッカケかもしれない。今のままでは、私は変われない。

せっかくまた加瀬くんと同じクラスになって、前よりも話せる機会がふえているのに、このままフリーズし続けて言葉も返せず、さけるような態度をとり続けていたら、逆に加瀬くんにきらわれてしまう可能性だってある。

私は、横にあった枕をギュッと抱きしめた。

そんなの、イヤだ。加瀬くんにきらわれたくない。ちゃんと「好き」って、伝えたい。

恋助さんは、男心はもちろん女心も理解している、奇跡の人だ。私から見れば、「恋愛の達人」、「恋愛の神さま」のような存在。

そんな人に相談に乗ってもらい、アドバイスをもらえれば、私の恋もうまくいくかもしれない。それに、あこがれの恋助さんと、親しくなれるんだし……。私は緊張しながら、恋助さんへの返事を書きこんだ。


『こんばんは。コメントにお返事、ありがとうございます。まさかお返事いただけると思っていなかったので、すごくびっくりしたけど、とてもうれしいです。

私は、みんなよりもアヤカよりも、もっとずっと恋愛に不器用です。そんな私の話が恋助さんの小説に役立つかどうかわかりませんが、話をきいていただいて、恋愛の相談に乗っていただけるなんて、私のほうからお願いしたいくらいです。よろしくお願いします』

書き終わって、ふう、とベッドにたおれこんだ。

胸がドキドキしている。気持ちが高ぶって、すぐに眠れそうにない。

恋助さんに話をきいてもらったからって、私のフリーズしてしまう性質がすぐに直るわけではないことはわかっている。

でも、今日のことは私にとって大きな一歩だ。

加瀬くんと私の距離（きょり）がちぢまる、はじめの一歩。

ゆっくり自分のペースで加瀬くんに一歩ずつ近づいて。

いつか手をのばしたら、その手にふれることができるくらい加瀬くんに近づきたい。

第二章

家から駅まで徒歩五分。電車に乗り、ふたつ向こうの駅まで十分。そこでバスに乗りかえて、ゆられること十分。それでやっと私の通う高校に到着する。

今朝は早く起きたので、いつもより一本早い電車できた。

普段は毎日同じ時刻の電車に乗っているので同じ顔ぶれの人ばかりだが、今日はいつもとちがう顔ばかり。それだけで、どこか新鮮に感じる。

電車を降りてバス停へ向かって歩いていると、うしろから自転車に乗った学生が、つぎつぎ私の横を通っておいこしていく。何台目かの自転車が通りすぎる瞬間、

「おはよ」

だれかが私に声をかけた。

おどろいて顔を向けると、自転車に乗った加瀬くんの姿が目に飛びこんでくる。

……か、加瀬くんっ。

「っ、あ……」

突然のことに、びっくりして変な声がでてしまった。加瀬くんは私の声にふりかえって、ぷっとふきだしたように笑うと、また前を向いていってしまった。

……加瀬くんに会っちゃった。

私に「おはよ」って挨拶してくれた。うれしい。

あっ、でも私、加瀬くんに挨拶してない。加瀬くんは、ちゃんと「おはよ」って言ってくれたのに、変な声出しちゃって……はずかしすぎる。

その場に立ちつくして、さっき起こったことをふりかえりながら、いろいろ反省していると、私の横を見知った顔のスーツ姿の男性が通りすぎていく。

「あれ？　あの人、いつも同じバスに乗る人だ」

いろいろ考えてる間に、結構長い時間がたっていたようだ。

結局私はいつもと同じ時刻のバスに乗って、学校へ向かった。

「あ、梨奈、おはよー」

教室に入ると、先にきていたさつきが私の席へ歩いてくる。となりで長谷部くんと話していた加瀬くんは、私に気づいて顔を上げた。

い、言わなきゃ、「おはよう」って……。

たった四文字なのに、なかなか声が出ない。

「ん、コホッ」

軽く咳ばらいしてから覚悟をきめて、スウと息をすいこむ。

「お、おは……」

「遅いじゃん」

加瀬くんが私の声をさえぎって言った。

「え……」

なんのことを言っているのかわからず、キョトンとしてしまう。

「そう？　梨奈、いつもこのくらいの時間だよね」

「うん」

「でも、今日は早くきてたみたいだったから」

「え、そうなの？」

「あ、うん、そうなの。一本早い電車できたから」

「加瀬、なんでそんなこと知ってんの？」

なにげなく、長谷部くんがたずねた。

「それはさ……」

言いかけて加瀬くんの顔が、ちょっぴりイタズラな顔に変わる。

「俺と広崎の秘密。な？」

加瀬くんが、少し首をかたむけて目で合図してきた。全然秘密にするようなことじゃないのに、そんなふうに言われたら、ふたりだけでなにかを共有しているようでうれしくなる。

けれどもうれしさと同時に、加瀬くんに話しかけられて私はまたフリーズしてしまった。カチカチに固まっているのに体中が熱を帯びていて、心臓がバクバクと音を立てている。

なんとかコクンとうなずいて返事をすると、長谷部くんが加瀬くんの肩をがしっと組んだ。

「なんだよ。教えろよ」

「いいだろ、別に」

「おまえはっ。俺は、そんなふうに育てた覚えはないぞ」

「俺も育てられた覚えないし」

加瀬くんと長谷部くんのじゃれあう声が、ぼんやりと遠くのほうできこえる。

『俺と広崎の秘密』

加瀬くんの言葉が、頭の中で何度も再生される。

「ちょっと、梨奈」

腕をひっぱって、さつきは私を自分の席に移動させた。フリーズから解凍された私は、はぁ、と息を吐きだす。

「梨奈、こわいよ。顔が」

「え」

「フリーズしてるのに、口角だけ微妙にキュッと上がってて。笑うのなら、しっかり笑ってよ」

「……」

今、私……加瀬くんの前で、そんな、ほくそ笑むような顔してたんだ。

さつきの指摘によって、私は幸せの絶頂からつきおとされた。

「で？　どういうことなの？」

向かいあってお弁当を食べながら、さつきが朝の話をぶり返してきた。

「ああ、あれ？　別に話すほどのことじゃないの。私にとっては、すごくうれしいことだったけど……」

「なになに？　もったいぶらずに教えてよー」

さつきが、好奇心いっぱいのキラキラした瞳で見てくる。

私は話す覚悟をきめ、フォークにさした卵焼きをお弁当箱のフタの上に置いて、ほんの少し前かがみの姿勢になった。

「ほんと、大した話じゃないの。今朝、駅でね、バス停に向かって歩いてたら」

「うん」

「偶然、加瀬くんが自転車に乗ってうしろからきて」

「うん」

「私とすれちがうときに、『おはよ』って……」

「うんっ」

「突然だったから私、おどろいて変な声が出ちゃって」

「それから？」

「……以上です」

さつきが、ガクッとうなだれる。

「それの、どこが秘密なの」

「だからあれは、ただ加瀬くんがふざけて言っただけで……」

「なーんだ。でも加瀬くんさ……」

「うん？」

手まねきされて、私はさつきに顔をよせる。

「梨奈と、もちたいのかもね。ヒ・ミ・ツ」

「っ、まさか」

「可能性ゼロじゃないと思うけど？　少なくとも、少しは梨奈に興味もってくれてると思うよ」

「そんなっ、でも、そうだったらうれしいけど……」

「もー、照れちゃって。梨奈、かわいー」

ぼぼぼっと赤くなった私を見て、さつきは、私の頭をクシャクシャとなでた。

「ちょっ、やだ、髪の毛ボサボサ」

あわてて、手ぐしで髪を整える。

「梨奈、髪のびたねー」

「うん……」

入学したころは肩につかなかった髪も、今は肩より五センチほど長くなった。私が髪をのばしているのには、理由がある。

一年生のとき、私は加瀬くんと友だちが話すのを偶然きいてしまった。

なにかの雑誌にのっていた、質問にイエス、ノーで答えていく、ぴったりの異性のタイプを占うテスト。クラスの女の子が、加瀬くんとその友だちに雑誌をもって近よっていった。

「ね、これやってみて？」

「ん？　あー、いいよ」

ふたりは、順番に質問に答えていく。

『どちらかといえば、ショートヘアの女の子がタイプだ』

その質問に、友だちは「イエス」と答え、加瀬くんは「ノー」と答えた。

「えー、加瀬くん、ショート嫌なの？」

雑誌をもってきたショートヘアの子が、ちょっと不満そうに唇をとがらせる。

「嫌じゃないけど、俺、サラサラのロングヘアがタイプだから」


——それから私は、髪をのばしはじめた。

私の髪は、細くてからまりやすい。だからシャンプーのあとのトリートメントと洗い流さないトリートメントの両方使いでケアしている。サラサラの髪になって、少しでも加瀬くんの好きなタイプの女の子に近づけるように……。

「……あのね、さつき。私、がんばってフリーズするのも少しずつ直して、いつか告白したいと思ってるの」

「えらいっ、梨奈」

さつきがまた、私の頭をクシャクシャとなでる。

「さつきっ、だからボサボサになるって言ってるのにっ」

「あは、ごめん。梨奈、そうときまったら行動開始だよ」

「行動……開始？」

「そ。まずは明日から、今日と同じ一本早い電車に乗ること。また、駅で加瀬くんに、声かけてもらえるかもよ」

「あ、そうだよね」

「そうだよ。それで……」

ニヤリとして、さつきが私に耳打ちしてくる。

「本当に加瀬くんと、ヒ・ミ・ツ、作っちゃえば？」

「！」

「わ、まっ赤」

赤くなった私のほっぺたを、さつきはおもしろそうにペチペチとたたいた。

その日の夜、恋助さんから新しいメッセージが届いた。

『引き受けてくれてありがとう。ただ、僕の伝言板に書きこむと、たくさんの人にヒナさんのプライベートな内容を読まれてしまうので、別の方法をとりたいと思います。

いろいろ考えたのですが、ヒナさんに「日記」というかたちで彼の話を書いたものをサイトに投稿してもらう、というのはどうでしょうか？』

たしかにそれなら恋助さんの伝言板に書きこむより、他の人の目にふれる確率は低い。

『この方法で問題なければ、ヒナさんのペースで書いてもらって、書き終わったら投稿して下さい。とりあえずは、この前彼に話しかけられたのにうまく話せなかったときの状況や、ヒナさんの気持ちを簡単でいいので、日記として書いていただけますか？』
『わかりました。なるべく早く書いて投稿しますね』

恋助さんに返事をしてから、私はクラス発表の日の記憶をたぐりよせた。

加瀬くんと駅で偶然会った次の日から、さつきが言ったように私は、一本早い電車にのるという作戦を開始した。駅を降りてからバス停へ向かうまでの間、何度もうしろをちらちらとふりかえって、彼の姿をさがしながらゆっくりと歩く。

「あ……」

後方に、加瀬(かせ)くんの姿を発見した。

とたんに胸(むね)がドクドクと、うるさく音を立てる。

……今日こそ加瀬くんに「おはよう」って挨拶(あいさつ)しなくちゃ……。

私(わたし)はクルリとうしろを向いて、加瀬くんがここまでくるのを待った。待っている間、小さな声で何度も何度も、そのたった四文字をくりかえし練習する。

「おはよう、おはよう、おはよう……」

よし、と覚悟(かくご)をきめて顔をあげると、いつのまにか私においついていた加瀬くんが、「おはよ、広崎(ひろさき)」と声をかけて通りすぎていった。

「……」

……タイミング、はずした。

私はどんどん遠ざかっていく加瀬くんの背中(せなか)に、小さく「おはよう」とつぶやいた。

電車の時間を変えてから、数日がたった。

初日の失敗をふまえて、タイミングをのがすことはなくなったが、私が言葉を返せるのは、「おはよう」の四文字がやっと。しかも、いつ加瀬くんが現れるかと思ってドキドキしているので、声がうわずってしまう。その声があまりにもみっともなくて、自分のことながら泣きたくなってくる。……こんなんじゃ、秘密を作るどころじゃないよ。

そう思いながらも加瀬くんと会えるこの時間は私にとって、とても大切なものになっていた。


ある日の朝。バス停まで歩いている途中に、いつものようにうしろに加瀬くんの姿を見つける。私はいつもそうしているように立ち止まってふりかえり、加瀬くんの到着を待った。

加瀬くんと私の距離が近づいて、私は「おはよう」の準備をすべく軽く深呼吸して、その瞬間にそなえる。

よし、今だ。

スウと息をすいこんで「おは」と言いかけたとき、加瀬くんが自転車から降りて私の横に並んだ。

な……なんで、加瀬くん、降りて……。

いつもとちがう彼の行動に、ドクン、と心臓がはねあがり息苦しくなってくる。

加瀬くんは、ふわりとほほえんで言った。

「バス停まで。いい？」

もはやフリーズして声が出なくなった私は、コクコクとうなずいて、なんとか意思表示をした。

加瀬くんは自転車をひいて、私のとなりを歩き出す。

「最近、よく会うな」

コクンとうなずく。

「電車の時間、変えたの？」

また、うなずいて返事をする。

「なんで？」

今度もうなずいて……、ダメだ。うなずくだけじゃ、質問の答えになってない。

でも私、今フリーズして声が……。

「広崎？」

なかなか返事をしない私を、加瀬くんは不思議そうに見つめている。

や、どうしよ……早く返事しないと。

「あ、あの……」

うつむきながら手をグーにして、ぐ、と力を入れ、必死で声を出そうと試みていると、

「あー、あれだろ。すいてて座れるから、とか？」

加瀬くんが、からかうように言った。

これなら、うなずいて返事してもおかしくない。

私がうなずこうとすると、加瀬くんがふたたび口を開く。

「それとも、俺に合わせてくれてるとか？」

「っ……」

ど、どうしよう。図星なんだけど。

一気に耳までまっ赤になってしまう。

加瀬くん、私が加瀬くんに時間を合わせてきてることを知ったら、迷惑に思うかもしれない……。

うつむいて必死で言い訳を考えていると、

「……あの、さ」

照れたように、加瀬(かせ)くんが首のうしろをポリ、とかいた。

「ちょっと冗談(じょうだん)で言っただけなのに、そんなにまっ赤になられると、こっちまで照れるっていうか……」

「ご、ごめんなさ……」

「それに、さ、そんな顔されたら、かんちがいしそうになる」

「え……」

今の、どういう意味？

バス停の前まできて、加瀬くんが立ち止まった。

「……それじゃあ教室で、また」

ほんのりと顔を赤くしたまま、加瀬くんはこちらを見ることなく自転車で走り去っていった。


『そんな顔されたら、かんちがいしそうになる』

学校についてからも、加瀬くんが言った言葉の意味を考えてしまう。

あの場合、かんちがいって言ったら「私(わたし)が加瀬くんを好きなのかと思った」っていう意味だよね？

それで加瀬くんが、ちょっと照れたような反応をするということは、朝の時間を合わせてること、いやがられてはないはず。たぶん……。

でも、『ちょっと冗談で言っただけなのに』ってことは、加瀬くんは私のことなんてとくに意識してない、ということかな。

うれしさ半分、悲しさ半分の複雑な気持ち。

何度考えても答えが出ないまま、あっというまに一日が終わってしまった。

家に帰ってすぐにサイトを開くと、恋助(こいすけ)さんから新しくメッセージが届(とど)いていた。

「わ、わ」

自分しかいない部屋でなぜかあたふたしながら、スマホを指で操作(そうさ)する。

『ヒナさん、日記読みました。ヒナさんのドキドキする気持ちが、すごく伝わってきましたよ。

それで、質問とかやりとりしたいので、可能な時間を教えて下さい』

ようするに、質問したらすぐに返信して、またなにか返したらすぐに答えが返ってくる――、というように、チャットみたいにリアルタイムでやりとりしたい、ということなのだろう。

私は少し考えて、『今日の夜十時に、サイト開いて待ってます』と返事を書いた。

時間になってサイトを開くと、恋助さんからメッセージが届く。

『それでは早速質問させて下さい。《クラス発表の日、彼が「また同じクラスだな」と声をかけてくれたのに、一言も返事をすることができなかった》、っていうところなんだけど、これは、しどろもどろになっちゃってなにも言えなかった、ってことでいいのかな？』

すぐに書きこんで、返信する。

『しどろもどろ、というか声も出なくて……。他にもだれか一緒なら少しは話せるんですけど、ふたりきりだと緊張しすぎて声がうらがえったり、声も出なくなったりするんです。

このときはフリーズして、うなずくこともできませんでした』

恋助さんからも、すぐに返事が届く。

『それじゃあこのときは、なにも言わずにうなずくこともできず、彼の前でだまったまま立っているだけだったんだ。それでその後、彼の友だちには、ぎこちないかもしれないけど笑顔で返事をしたんだよね？』

『はい、そうです。私がフリーズしちゃうのは、好きな人の前だけですから』

『ヒナさん、僕だったらその状況、いい気持ちはしない。どうして自分にだけ、なにも話さないんだ。僕のことがきらいなのか、くらいに思うかもしれない』

そんなっ、加瀬くんも、そう感じたかな……。

泣きそうになりながら、とにかく返信する。

『……そうですよね。わかっているんですけど、どうしてもフリーズしてしまって……』

『一緒に、フリーズしなくなる方法を考えましょう。なにかいい方法があるはずです、きっと』


――フリーズしなくなる方法。

今までだって、考えてみたことがある。フリーズしなくなれば、もっと素直にストレートに、自分の気持ちを表現できる。なんとかならないだろうか、って……。

でも、答えは見つからなかった。当の本人でさえわからないことが、会ったこともない恋助さんにわかるのだろうか。


『私のために、そこまで言ってもらえてうれしいです。でも、どうやってフリーズしなくなる方法をさがすんですか?』

『すぐには見つからないと思う。まずは、僕がヒナさんのことをもっと知らないと。しばらくは、友だちと一緒のときの話でもいいので彼と接した時間があれば、そのときの様子や気持ちを、日記に書いて下さい』

『最近、毎朝ほんの少しだけですが、彼とふたりになる時間があるんです。でも「おはよう」ぐらいしか言葉が出なくて……。そのことを、書きますね』
『「おはよう」の言葉が出るだけでも、全然ちがいますよ。ヒナさん、がんばってますね。日記、楽しみにしてます』

……恋助さんて、すごくいい人。なんだか恋助さんと話していたら、いつか本当にフリーズしなくなる日がくるような、前向きな気持ちになってきた。

その日の夜、私は恋助さんの小説の続きを読んでから眠りについた。

◇◇◇

彼とつないだ手の指先が熱い。

それは私の体の熱によるものなのか、それとも彼の熱が私に伝わっているのか……。

とにかく私の全神経は、彼の大きな手に包まれた自分の指先に集中していた。熱をもった手が、ジワリと汗ばんできた気がして、はずかしくなった私がつないだ手を引っこめようとすると、彼の手がすばやく私の手をつかまえる。

「あのっ……手に汗かいちゃったから……」

小さく言い訳する私に、彼も照れたように言った。

◇◇◇

◇◇

「俺も。なんか緊張しちゃって。顔見ると、余計に……」

確かにさっきから、彼は私と目を合わせようとしない。彼も私と同じように緊張していたことがわかり、同じ気持ちだったことにうれしくなる。

「あの、さ……顔見るとなんか緊張して、言いたいことがちゃんと言えなさそうだから……、見えなくしてもいい？」

「見えなくって……っ」

返事が終わらないうちに、引きよせられる。

彼は腕の中に私を閉じこめて、ぎゅっと抱きしめた。

◇◇

第三章

『かんちがいしそうになる』

加瀬くんのあの発言があった日から、私たちは毎朝、駅からバス停までの道を並んで歩いた。たいてい加瀬くんがなにか話をして、私がドキドキしながらもなんとか「うん」とあいづちを打ったり、うなずいたりして返事をする。ふたりとも、ほとんどずっと前を向いたまま歩きながら話し、バス停のほんの少し手前になると、加瀬くんが立ち止まって自転車にまたがる。

「それじゃあ、教室でまた」と彼が言って、私が「バイバイ」と軽く手をふる。加瀬くんはそれを見とどけると、自転車のペダルをこいで、あっというまに遠ざかっていく。

そして私は教室に入ると、私よりも早く学校に到着している加瀬くんの姿をさがすのだ。

目が合うと、私はなんだかくすぐったい気持ちになる。

――だって、さっきまで加瀬くんと私は、一緒にいた。

それなのにさつきや長谷部くんと朝の挨拶をかわすとき、今日初めて会ったように、そしらぬ顔で「おはよう」と言い合う。

そういうとき加瀬くんは、まるでイタズラをかくす少年みたいな顔をして私を見る。

『俺と広崎の秘密』

そう言っているようで、私はほんのりと顔を赤らめながら口元をゆるませてしまうのだった。


家庭科室の中は、焼きたてのカップケーキの甘い香りでいっぱいだった。

私は、クッキング部に所属している。

作るものは、たいていパンやお菓子類が多い。友だちとワイワイおしゃべりしながら作って焼いて、食べながらまたおしゃべりして。すごく楽しくて、いつもあっというまに時間がすぎていった。

焼きたてから少しさめたので、今みんな、カップケーキにチョコペンで模様を描いている。私のとなりでは桃子ちゃんが「ヒロくんにあげるんだ」と言って、彼の名前の横にハートマークを描いていた。

……いいなあ、幸せそうで。

真剣(しんけん)な顔でハートを描く様子をながめていると、桃子ちゃんが私の視線(しせん)に気がついて顔を上げた。

「ね、梨奈(りな)ちゃんはだれかにあげないの？」

「え……私？」

加瀬くんの顔が、パッと頭にうかぶ。

明日の朝、もっていって渡(わた)したいな。

あ、でも加瀬くん、甘いもの平気かな……。

「ふふ、迷ってる。梨奈ちゃん、あげたい人がいるんだ」

「あ、えっと……」

かあっ、と顔が赤くなった私を見て、桃子ちゃんはくすくす笑う。

「照れてるー。梨奈ちゃんてば、かわいい」

「も、桃子ちゃん……」

「がんばって渡したら？　きっと喜ぶよ」

「うん……」

もし渡すとして、なにを描こう。桃子ちゃんみたいにまさか、名前やハートは描けないし。

そうだ、イニシャルの一文字『K』だけにすれば、みんなにはだれにあげるのかわからないよね。

一番形のきれいなのをえらんで、まん中に大きく『K』と書く。

ほかのカップケーキにも『A』とか『R』とか『S』とか、いろいろなアルファベットを書いていった。

「かわいいー。梨奈ちゃん、センスあるっ。……がんばってね」

最後のセリフは私だけにきこえるように、桃子ちゃんは小声でささやいた。


家に帰って、自分の部屋でラッピングをする。小さな透明な袋に入れて、口のところをリボンできゅっととめた。

……ひとつだけあげるというのも、ものたりない感じだよね。せめてもうひとつくらい渡さないと。『K』と、あともうひとつはどれにしよう。なるべく形がきれいで、チョコペンで描いたアルファベットの文字も、うまく書けてるのは……。

形も文字も比較的うまくできている『R』と書かれたカップケーキをえらんでラッピン

グする。

『加瀬くんへ
昨日クッキング部で作ったカップケーキです。
よかったら食べてね』

簡単なメッセージカードもそえて、小さな紙袋に入れた。

ラッピングを終えたあと、この前恋助さんから届いたメッセージを読み返してみる。

毎朝駅からバス停まで、加瀬くんとふたりきりですごす時間ができたことについて書いて投稿したものへのコメントだった。

『ヒナさん、彼と素敵な秘密ができましたね。これを見るかぎり、彼とヒナさんはこのままうまくいくのでは？　という気がします』

毎朝、わざわざ自転車を降りてバス停までつきあってくれる加瀬くんの態度から、私にも「きらわれてない」という自覚というか、わずかな自信があった。

でも加瀬くんは、偶然会ったのが私でなく他の人だったとしても、同じようにバス停までつきあってあげるかもしれない。私が特別なわけではなく、好きかきらいかと言ったら、好きの部類に入るというだけ……。

恋助さんが言うように「このままうまくいく」というほど、進展があったわけではないのだ。


『朝の秘密の時間は、ふたりきりなのにフリーズしないでいられるようですね。なにかいつもとちがうことはないか、思い返してみて下さい』


……そう、たしかに。自分でも不思議だった。

初めのころは、「おはよう」のタイミングさえのがしてしまうほど固くなっていたのに、今では緊張しながらも、私は毎日加瀬くんとふたりきりで朝の時間をすごせている。

その緊張感というのは、クラス発表のときのような「どうしよう」というあせりをともなうものではなく、もっと心地よい緊張感だ。

会話がとぎれることもある。

でも私は、前よりもその沈黙を息苦しく感じなくなっていた。

次の日の朝。

私はいつもよりさらに一本早い電車に乗っていた。

カップケーキを渡すときのことを考えていたら夜あまり眠れず、朝もなんとなく落ち着かなくなって早く出てきてしまったのだ。

よく考えたら私、すっごく大胆なこと、しようとしてる気がする……。

こんなことしたら、私が加瀬くんを好きなのがバレバレだよね。やっぱり、渡すのやめておこうかな、迷惑かもしれないし。

「……」

紙袋のもち手を、ぎゅっとにぎりしめる。

で、でも、せっかくあげるってきめたんだし、やっぱり渡したい。

呼びだして渡すわけじゃないんだし、加瀬くんもそんな大げさに考えない……よね？

……加瀬くん、喜んでくれるといいな。

電車に乗っている間、受けとってくれたときの加瀬くんの顔を想像したり、紙袋の中をのぞいて形がつぶれてないか何度も確認したり、とにかく落ち着かない。

……はぁ、なんかもう緊張してきちゃった。

渡すとき、フリーズしてなにも言えなかったらどうしよう……。

降りる駅が近づくにつれて、だんだん心配になってくる。


いろいろ考えているうちに、あっというまに私の降りる駅に到着した。早くついたので加瀬くんがくるまで待っていようかな、と考えていると、うしろからチリンチリンと自転車のベルが鳴るのがきこえてくる。

私がふりむくと同時に、加瀬くんが、キ、とブレーキを鳴らして自転車を止めた。

……か、加瀬くん？　な……どうしてこんな早く……。

突然の彼の登場に、なんの心の準備もできていなかった私はあたふたしてしまう。

「おはよ、広崎。今日は早いね」

「か、加瀬くんも……」

「あー、俺はコンビニによりたかったから、早く出てきたんだ」

「あ……今からいくの？」

「いや、もういってきたよ。ちょっと早いけど、バス停までいこうか」

「待って。あのっ、これ……」

うつむいてまっ赤になりながら、私は勢いよく加瀬くんの前に両手で紙袋をつきだした。

加瀬くんの顔が、笑い顔からキョトンとした顔に変わる。

「これ、なに？」

「っ……あのっ、これ、私が……」

横に並んで歩きながら話すいつもの朝とはちがい、向かいあって立っているせいか、私の緊張具合もひどく、声もうまく出ない。

ちゃんと話したいのに、声が……。

そう思ってあせっているうちに、加瀬くんが紙袋の中をのぞいて、中に入っていたメッセージカードに気づいてくれた。

「手作り？　そっか。広崎、クッキング部だもんな」

「え……し、知ってたの？」

加瀬くんが私の入っている部活を知っていたことにおどろいて、思わず声をあげる。

「あ、うん。知ってるよ、それくらい」

少しバツが悪そうにコホン、と咳ばらいをすると、加瀬くんはゆっくりと自転車をひいて歩き出した。私も遅れないように、あわてて加瀬くんのとなりに並んで歩く。

「今日、いつもより時間あるよね。これ、今食べてもいい？」

コクンとうなずくと、加瀬くんはいつものバス停へ向かう道からそれて、公園のある通りへと歩いていった。


四月の初めには、かわいらしいピンク色の花びらの桜が通りを華やかにいろどっているが、今はもうそのベストシーズンは終わって、緑色の葉っぱが姿を見せている。

ところどころに置かれたベンチの前で、加瀬くんは自転車を降りて座った。ふたり分くらいのスペースをあけて、私もとなりに座る。

「開けていい？」

うなずくと、加瀬くんは私との間に紙袋を置いて、中からカップケーキをふたつともとりだした。

ドクドクと、胸の音がいつもより大きく、自分の体に響いているように感じる。

今のこのシチュエーションは、私がまったく予想していなかったものだ。

私が想像していたのは、加瀬くんにカップケーキを渡すところだけ。まさか私の目の前で食べてくれるなんて、思いもよらなかった。

う、うれしいけど、緊張しすぎて……息苦しい……。

「すごいな。こんなの作れるんだ」

感心したようにつぶやいたあと、加瀬くんがカップケーキに書かれたアルファベットに気づいた。

「あれ、もしかしてこの『K』って、俺のイニシャルを書いてくれた？」

「……う、うん」

「……」

加瀬くんの言葉がとぎれたので、心配になってチラリと横顔をのぞく。

ほんのりと耳を赤くして、加瀬くんは照れたような表情をうかべて言った。

「俺用に作ってくれたんだ。ありがとう」

「そ、そんな、チョコペンで書いただけだから……」

「それじゃあ、こっちは梨奈の……」

ドキ、と心臓がはねあがる。

か、か、加瀬くんが私のこと、下の名前でっ。

「梨奈の『R』だ。でしょ？」

「……え？」

び、びっくりした……下の名前で呼んだわけじゃないんだ。

「あれ？　このアルファベット、って功太の『K』と梨奈の『R』じゃないの？」

「う、うん、そう……」

ごまかすように、もごもごと答える。

わ、私……『功太』の『K』じゃなくて『加瀬』の『K』のつもりで書いてた……。

うう、よかった。加瀬くんのイニシャルがK・Kで。

『R』のほうはまったく意味なく書いたものだったけれど、自分の名前のイニシャルの一文字を書いて渡したと考えると、なんだかものすごく大胆なことをしてしまった気がする。

「じゃあ、早速食べようか」

加瀬くんは『R』と書いてあるほうを、私にさしだした。

「え」

「こっち、広崎のだろ？　一緒に食べよう」

「う、ううん。私はいいの」

「そう？　じゃあ遠慮なく」

加瀬くんが『K』と書いてあるほうを手にもち、ガブッとひとくち食べる。

「うまっ。中、フワフワだな」

クシャリと笑って、おいしそうにカップケーキを食べる加瀬くんの笑顔を私はこっそり見つめた。

まさかとなりで食べてもらえるなんて思わなかった……ドキドキしちゃう。

でも勇気出して渡してよかった。もっと、もってきてあげればよかったな。

パクパクとあっというまに食べてくれた加瀬くんを見て、私はちょっと後悔した。


一個食べ終わった加瀬くんは、もう一個にのばした手をすぐに引っこめて、ベンチから立ち上がった。

「食べたいけど、がまんする。そろそろいかないと。こっちは、帰ってから兄貴に見つからないように、自分の部屋でこっそり食べるよ」

「お兄さんに？」

「そ。兄貴、こういう甘いもの好きだから」

「あ、あの……加瀬くんも、甘いもの好き？」

「うん」

「……よかった」

「え、なにが？」

「加瀬くん、甘いの苦手だったらどうしようかな、って思ってたから」

「広崎……」

バス停が見えてきて、加瀬くんは自転車にまたがった。

「ありがとう。すげーうまかった」

「う、うん」

「また、さ……食べたい」

はにかむような顔をして、加瀬くんが鼻の頭を指でこする。

「広崎が作ったの、また食べたい」

「っ……」

……加瀬くん、今の、ふいうちでそんなこと言うなんて、反則。

すぐそこにバス停があるのに、加瀬くんのふいうちの言葉によってフリーズしてしまった私は、加瀬くんが去ったあとも固まったまま、すぐに動けないでいた。

第四章

……う、そ……私、今……抱きしめられて……。

この状況に、頭がついていかない。

「アヤカ、俺さ……」

私の顔が押しあてられている胸から、彼の声がじかに響いてくる。

「アヤカが好きなんだ」

ドク、ドクという彼の鼓動が、少し速まったように感じる。

「っ……」

「ずっと好きだった。アヤカには、あいつがいるってわかってても……」

……え？　あいつ、って？

う――、気になる。あいつ、ってだれのことなんだろう。
思わずスマホをもつ手を、ぎゅっとにぎりしめる。

でも、いいな。好きな人に、自分を好きだと言ってもらえて……。

私と同じように、大好きな彼に話しかけられても緊張してうまくしゃべれなかったアヤカの恋は、どんどん進展している。手をつないで一緒に帰って、それから抱きしめられて、告白されて……。

私はベッドの上の枕を、ぎゅうっと抱きしめた。

ううん。私の恋だって、少しずつ進展している。まともに話すこともできなかった私が、毎朝のようにバス停までの道をふたりで歩き、手作りのカップケーキまで渡せたのだ。

今まで、ほとんどふたりで話したこともなかったことを思えば、私の恋も確実に進展している。

しかも不思議と、朝のふたりきりの秘密の時間だけは、私のフリーズする度合いも少しだけましになって、加瀬くんの話になんとか返事をすることができている。

ほんと、なにがちがうんだろ。

恋助さんにも、指摘されていた。

『朝の秘密の時間は、ふたりきりなのにフリーズしないでいられるようですね。なにかいつもとちがうことはないか、思い返してみて下さい』

ほんの少しでも、フリーズしなくなるコツとか方法が見つかれば、私はもっと勇気を出して、もっともっと加瀬くんに近づくことができる。

私はもう一度、朝の自分の行動を思い出してみた。

クラス発表のときは確か、うなずくことさえできなかった。

あのときもふたりきりで話していたけれど、すぐ近くにみんながいてザワザワしていて。どちらかというと、毎朝バス停まで話しているときのほうが、すぐ近くに知り合いがいない分、ふたりっきり感が強いのに……。

あ、もしかして、まわりに知り合いがいないのが、逆によかったのかな。

おいこまれると人は、自分の能力以上の力を発揮する、ときいたことがある。だれも助けてくれる人がいないから自分でなんとかしなくては、という思いが、私がフリーズしてしまうのをおさえているのかもしれない。

――それにしても。ふたりきりで話すこともやっとの私の話が、本当に小説の参考になるのかな？

読者の方やまわりにいる人の恋愛体験を参考にして小説を書いている、と初めてメッセージをもらったときに書いてあったけれど……。

そんなことをぼんやり考えながら、恋助さんから新しく届いたメッセージをひらいた。

『ヒナさん、その後彼とはどうですか？　フリーズせずに話せてますか？

どんな小さなことでもいいので、また日記に書いて下さいね。更新、楽しみにしています。ところで僕の小説、今日はもう読んでくれたでしょうか？

好きな人を前にして緊張してしまうのは、男も女も関係ありません。もしかしたらヒナさんの好きな彼も、同じように緊張してるかもしれませんよ。

ちなみに、前回更新したページのアヤカと彼の描写は、ヒナさんのドキドキする気持ちを参考にして書かせてもらいました。ありがとうございました』

うそ……あのシーンは私の話を参考に？

確か恋助さんの小説の前回更新分は、アヤカが彼と手をつないだとき、すごくドキドキして緊張した気持ちについて書いてあったよね？　そしてアヤカだけでなく、彼も緊張していて……。

シチュエーションはまったく私の話とはちがうけれど、前回の更新ページを読んだとき、確かに私はすごくドキドキしたし共感できた。なんだか私がアヤカになったみたいで、ちょっとくすぐったい気分だ。改めて、前回更新された小説のページを読み返してみる。


『俺も。なんか緊張しちゃって。顔見ると、余計に……』


ここを読んだとき私は、男の子も、女の子と同じように緊張するんだと、緊張する彼を、ちょっと新鮮に感じた。

うんうん。アヤカのドキドキする気持ち、すごくよくわかる。

あと、彼のセリフの『顔見ると、余計に……』っていうのも。

今だって、毎朝バス停まで並んで歩くとき、チラッと横顔を見るだけで、まともに加瀬くんの顔を見られていない。

横に並んで歩いていて正面から顔を合わせていないから、なんとかなっているだけで、加瀬くんにじっと見つめられたら、まちがいなくフリーズしてしまうと思う。

あっ、もしかして。私もこの小説の彼と同じなのかな。向かい合って話してないから、いつもよりフリーズしないでいられる……とか？

恋助さんの小説から、思わぬヒントをもらえた気がした。

手作りのカップケーキを渡したこと。目の前で、食べてくれたこと。私がクッキング部だということを、加瀬くんが知っていたこと。それらを、日記に書いて投稿した。そしてそれとは別に、恋助さんにメッセージを書いた。

『恋助さん、コメントありがとうございます。私の話が、少しでも恋助さんの小説のお役に立てたのならよかったです。なんだか自分がアヤカになって、恋がうまくいった気分になれました。

恋助さんの小説を読んでいて思ったのですが、私もアヤカの好きな彼と同じで、じっと顔を見たり見られたりすると、よけいに緊張して、フリーズしてしまうのかもしれません。

毎朝バス停まで歩いて話しているときも、彼の横顔をチラッと見るだけだし、私自身もまともに正面から見られることはないんです。

でも普段話すときは顔を見て話すのだから、これを克服しなきゃダメですよね。日記をまた投稿しましたので、読んでみて下さい。おやすみなさい』

朝、教室に入り自分の席にいくと、長谷部くんの席の前に立って話していた加瀬くんが、私に気づいて顔を上げた。

「おはよ」

「お、おはよう……」

加瀬くんと、二度目の「おはよう」の挨拶をかわす。

「広崎さん、おはよう。あ、森島さんも、おはよう」

長谷部くんの声にふりむくと、さつきが意味ありげな笑みをうかべて、私の横に立っていた。

「さつき、おはよう。わ、ちょっとなに……」

私を教室のすみにひっぱっていくと、さつきはニマニマしながらささやいてくる。

「梨奈。今のエロい」

「エ、エロい？」

「ちょっと、声大きい。興奮しないの」

興奮って、誤解されるような言い方、やめてほしい……。

「さつき、なんのこと？」

「さっきの加瀬くんと梨奈、本当はもう、朝、会ってるんでしょ？　それなのにそしらぬふりして『おはよう』とか言っちゃって。ふたりの秘密にしてるところが、なんかエロい」

「エ、エロくないもん。教室で会うのは今日初めてだから、改めて『おはよう』って言ってるだけだし、朝だって別に、一緒にバス停まで話しながら歩いてるだけで、変なことはなにも……」

私の言葉に、さつきはひじでグリグリと押してくる。

「またまたー、キスくらいしたんでしょ？」

「キ……」

な、なにを突然言い出すかと思ったらっ。

私は赤くなりながら、手をブンブンと横にふって大きく否定した。

「そ、そんなことっ、してないにきまってるでしょ」

「なーんだ、そうなの？　つまんない。じゃあ、手をつないだくらいか。加瀬くんも、そんなガッツく感じじゃないもんね」

「手も、つないだことないけど」

「え……」

さつきが、信じられないといった顔をして、私を見た。

「朝、一緒にバス停までいくようになってから、もう一か月近くたつでしょ？　なにやってんのよ、あんたたちは」

「だって私と加瀬くんは、つきあってるわけじゃないんだよ。私のこと、好きかどうかもわからないし。いきなり、手をつないだりしないでしょ」

「早く告白しちゃえば？」

「……さつき、私がフリーズしちゃうこと、忘れてない？」

「ああ、その問題があったか……」

さつきは、はぁーと大げさにため息をついた。

「でもそんなこと、言ってられないよ。加瀬くん、結構モテるんだから」

「うん……」

一年生のとき、同じクラスの女の子が三人も加瀬くんに告白してふられている。ほかにも私が知らないだけで、加瀬くんを好きな子はきっといるだろう。

「最近も告白されたらしいよ」

「え、だれに？」

「となりのクラスの鈴村さん。ほら、スラッとしてキレイな子」

「うん、わかる。それで……加瀬くんは、なんて答えたの？」

「まだ返事してないみたい。ていうか鈴村さんが、すぐに返事くれなくていいから考えてみて、って一方的に告白して走り去ったらしいよ」

「そうなんだ……」

ズキッと胸が痛んだ。私も、いつか加瀬くんに気持ちを伝えたいと思っている。

でもその前に、フリーズしてしまうのをなんとかしなければならない。

自分のペースで少しずつ加瀬くんと話すのになれていって、フリーズしないようになって……、それから自分の想いを伝えればいい。そう思っていた。

でも、それでは遅すぎるかもしれない。私がもじもじしている間に、ほかのだれかが加瀬くんに告白してつきあってしまうかも……。

加瀬くん、鈴村さんに、なんて返事するのかな。

あんなキレイな子に告白されたら、悪い気はしないよね。

加瀬くんがなんて返事をするのか気になって、私はその後の授業がまったく頭に入らなかった。


次の日の朝。いつものように、加瀬くんと並んで歩きながらバス停へ向かう。

昨日の鈴村さんの話が気になって、何度も加瀬くんのほうをチラチラ見ていると、加瀬くんとバチッと目が合った。

「ん？」

加瀬くんが軽く首をかたむけて、「なに？」というように私を見る。私はなんでもない、というようにブンブンと首をふってうつむいた。

……ダメ……やっぱり、じっと顔を見られると声、出ない。

本当は鈴村さんのことをききたいけれど、いきなりそんなプライベートな質問できないし。

モヤモヤした気持ちをもてあましていると、バス停よりもだいぶ手前で加瀬くんの足が止まった。

「あのさ、明日ちょっと早くいかなきゃいけないいんだ」

「朝練?」

「いや、朝練はないいんだけど……」

「そう……あ、うん。わざわざ、ありがとう」

「あー、うん……」

加瀬くんはまだなにか言うことがあるようで、歩き出そうとしない。そのままだまって彼の言葉を待っていると、加瀬くんは、ポリ、と鼻の頭をかいて言った。

「あの、さ……これからもときどきあると思うんだ。急に朝練があったり、風邪ひいて休んだり、この時間にこれないことが、さ」

「うん」

「だから、きいてもいいかな。広崎のメアド」

「えっ」

「あ……」

加瀬くんはあわてたような表情を見せると、

「やっぱいいや。俺が急にこれなくても、別に広崎は困らないもんな。待ち合わせしてるわけじゃないし」

そう言って、また歩き出そうとした。

あ、加瀬くん、私が教えるのをいやがったと誤解してる？　どうしよう、このままじゃ……。

そう思ったら私は知らないうちに、加瀬くんの自転車のうしろをつかんでいた。歩き出した加瀬くんが、グッとひっぱられるようになって止まる。

「広崎？」

わわっ、こっち見ないで。私は自転車をつかんだまま、あわてて顔をそむけた。

「広崎、どうしたの？」

「あ、の……」

……どうしよう、フリーズしてきちゃった。

そのとき、恋助さんの小説に出てきた彼の言葉が頭にうかんできた。

『俺も。なんか緊張しちゃって。顔見ると、余計に……』

そ、そうだ。顔を見ちゃうから、いけないんだ。私はうつむいて、目をぎゅっとつむった。

「……教え、て」

「え」

「私も加瀬くんの、教えてほしい」

「……」

ほんのりと顔を赤くして、加瀬くんは制服のポケットからスマホをとりだした。

「広崎。自転車とめるから、手はなして」

「あ……ごめんなさいっ」

あわてて自転車から手をはなして私もカバンからスマホをとりだして、電話番号とメアドを交換する。

うそみたい。私のアドレス帳に加瀬くんの名前が……。

うれしくて、体がフワフワする。

ぼーっとしながらスマホをにぎりしめていると、私のスマホの着信音が鳴った。

え、加瀬くんから？

目の前にいる加瀬くんからの電話にとまどいながら、あわてて電話に出る。

『もしもし』

『も、もしもし……』

私の目の前で、加瀬くんがイタズラな顔で笑う。

『そんなおどろかなくてもいいのに。試しにかけてみただけだよ』

『う、うん』

加瀬くんの声が、実際の声とは別に受話器を通して耳に響いてくる。

これはこれで、ドキドキする……。

『メールとか、気軽にしてくれてかまわないから。用事があるときじゃなくてもさ』

『っ……』

通話を終えると、加瀬くんは自転車にまたがった。

「じゃあ、またあとで」

加瀬くんがいってしまってから、私は通話履歴の一番上にある加瀬くんの名前を見つめた。

そんなこと言われたら、私だってかんちがいしちゃう。

加瀬くんが、少しは私のことを特別に思ってくれてるんじゃないか、って……。

さっきのイタズラな顔も、気軽にメールしていい、という言葉も、加瀬くんの全部が私の心をきゅうっとつかんで、ドキドキさせる。
私は前よりももっとずっと、加瀬くんのことを好きになっていた。

第五章

朝、電車を降りて駅の構内にあるパン屋さんに立ちよる。最近は、加瀬くんと会うために電車を降りるとまっすぐバス停へ向かっていたので、朝にこの店によるのはひさしぶりだった。

お昼に自分が食べる分と別に、さつきと食べようと思いミニクロワッサンも買って店を出る。

紙袋から、ほわんと焼きたてのパンのいい香りがもれてくる。

「ん……いい匂い……食べたくなっちゃう」

自転車置き場の横を通ってバス停へ向かおうとすると、うちの学校の制服を着た男の子と女の子がこっちへ歩いてくるのが見えた。男の子は自転車をひいている。その男の子の顔を見た瞬間、私はとっさにしゃがみこんで、とめてあった自転車のかげにかくれた。

……う、そ……どういうこと？

そのふたりは、加瀬くんと鈴村さんだった。

加瀬くんが今日早くいかなきゃいけないのって、私と一緒にバス停までいけない理由って、鈴村さんと会う約束をしてたからだったんだ……。

ズキンとした痛みが、胸を締めつけていく。

『まだ返事してないみたい』

さつきにきいた話が頭にうかんでくる。

もしかして、告白の返事をするために会ってたのかな。加瀬くん、なんて答えたんだろ……。

カチャ、と鈴村さんが、とめていた自転車のカギを開けた。両サイドの自転車がたおれないように、そうっと自転車をうしろに動かしたそのとき、ハンドルがあたって右側にとめてあった自転車がたおれそうになってしまう。

「あぶなっ……」

加瀬くんがすばやく手をのばして、それをふせいだ。

「ご、ごめんなさい、ありがとう」

はずかしそうに鈴村さんが、加瀬くんにお礼を言った。そして――、ふたりは並んで自転車に乗ると、バス停を通る道とは別の道を走っていってしまった。

ふたりの姿が見えなくなってから、私はよろよろと立ち上がった。いきなりしゃがんだせいで、もっていた紙袋を押しつぶしてしまった。中をのぞくと、パンが少しひらべったくなっている。

「あーあ」

ためいきをついて、とぼとぼとバス停までの道をひとりで歩いていく。

私は、加瀬くんがどういう理由で鈴村さんと一緒だったか、知らない。

告白の返事をしたかどうかも、なんて返事をしたのかも……。

でも、もし仮に告白の返事をしたとして、加瀬くんがことわったのなら、なかよくふたりで並んで学校へいくだろうか。多少なりとも気まずさが生まれ、別々にいくんじゃないのかな。

まだ返事をしていないのかな。それとも……、加瀬くんも鈴村さんのことが好きで、OKの返事をしたのかな。

バスに乗ってからも私はずっとモヤモヤした気持ちをかかえたまま、そのことが頭からはなれなかった。

学校について私は、教室の手前で中に入るのをためらった。

今は加瀬くんと、顔を合わせたくない。

チラッと教室をのぞくと、加瀬くんの席のまわりに長谷部くんと数人の男子が集まっている。となりの席で顔を合わす心配はなさそうなので、私はホッとして自分の席に座った。

興奮気味に話す男の子たちの大きな声が、きこえてくる。どうやら今朝、鈴村さんと一緒だった加瀬くんを見たみんながひやかしているようだった。

「なんでもないってことはないだろ。なかよく一緒に自転車登校しておいて」

「鈴村、かわいいじゃん。いいなー、加瀬」

「おまえら、俺の話ちゃんときけよ」

「照れるなって」

「けど知らなかったな。加瀬が鈴村を好きだったとはね」

え……今、なんて……。

「いつからつきあってんの?」

ツキン、と胸が痛んで、私は制服のブラウスの胸をぎゅっと押さえた。

そっか。加瀬くんも、鈴村さんのことが好きだったんだ。

じわっと涙がこみあげてきて、視界がぼやけていく。

いたたまれない気持ちになり、私はガタッといすをひいて立ち上がった。

教室を出ようと前の入り口に向かって歩き出した私に、

「あ、梨奈ちゃん」

同じクラスの由理ちゃんが声をかけてくる。その声にふりむいたとき、偶然加瀬くんと目が合ってしまった。泣いてしまいそうで、急いで視線をそらす。

「梨奈ちゃんと長谷部くん、今日日直でしょ。お昼休みに職員室に数学のプリントとりにきてって竹中先生が言ってたよ」

「あ、うん、わかった。ありがとう」

「長谷部くーん、あのね……」

私に伝えたのと同じことを伝えるために由理ちゃんが長谷部くんを呼ぶと、男の子たちがいっせいにこっちを向いた。

「あのね、さっき竹中先生が……」

みんなが私のとなりにいる由理ちゃんを見ているのに、加瀬くんだけはなにか言いたそうに私を見つめている。これ以上その視線にたえられなくて、私はだまってうつむいたまま教室をあとにした。

お昼休み。私は数学のプリントをとりに職員室にきていた。

先にきていると思っていた長谷部くんの姿が見あたらないので、しかたなくひとりで竹中先生に声をかける。

「竹中先生、プリントをとりにきました」

「おー、ご苦労さん。あれ？　広崎ひとりか？」

「あ、えっと、まだきていないみたいで……」

「お、きたきた。遅いぞ、加瀬」

「！」

「すみません、遅くなりました」

私のとなりに立つと、加瀬くんは「ごめん、遅くなって」と言って、ふわりとほほえむ。

「か、加瀬くん、どうして……」

「俺が長谷部に代わってやるって言ったんだ。部室のカギを返しにいくついでだからさ。

あ、広崎はそっちのだけもって」

加瀬くんはプリントの半分以上をもってスタスタと歩き出した。

こんなタイミングで、加瀬くんとふたりなんて……。

となりに並んで鈴村さんの話が出るのがこわくて、加瀬くんのうしろをついて歩く。

渡り廊下を渡って階段のおどり場まできたところで、加瀬くんの足が止まった。

加瀬くんは、クルリと向きを変えて私の正面に立つ。

わわ、ちょっとそんな突然……。

いきなり向かい合うことになり、私の心臓が、ドクンと大きくはねあがった。

「広崎、今朝はごめんな」

返事の代わりに、ブンブンと首を横にふる。

「だれかにきいたかもしれないけど、今日はとなりのクラスの鈴……」

「知ってる」

――加瀬くんの口から鈴村さんの名前、ききたくない。

そう思ったら自分でもびっくりするくらい大きな声で、私は加瀬くんの言葉をさえぎっていた。

「え……」

「あ……」

加瀬くんのおどろいた顔を見て、ハッとわれに返った私は、とたんにはずかしくなってもっていたプリントをぎゅっと抱きしめて、体を横に向ける。

わ、私ってば、なにもあんな大きな声で言わなくても。

赤くなってうつむく私に、加瀬くんは言葉の続きをうながしてくる。

「知ってる、ってなにを知ってるの？」

「それは、だから……」

「朝、教室であいつらが言ってたこと？」

コクン、とうなずく。

「朝、一緒に登校したのは本当だよ」

「……」

「鈴村に話さなきゃいけないことがあって、本当は学校で待ち合わせてたんだ。だけど、偶然駅で会って、それで……」

……こわい。胸が苦しい。これ以上、きいていられない。

加瀬くんの口から私がおそれている言葉が飛びだすのがこわくて、私はうつむいて目をぎゅっとつむった。

「大丈夫。加瀬くんの言いたいことはわかってるから」

「は？　広崎、なに言って……」

「……朝、もう一緒にいけないんだよね」

早く加瀬くんの前から立ち去りたくて、私は知らない間にいつもより少し早口に話していた。

「私、明日から時間変えるね。あ、プリント、もってくれてありがとう」

急いで立ち去ろうとした私の肩を、加瀬くんが自分のほうに向ける。

私の顔を見た加瀬くんの瞳が、おどろいたように見開かれた。

「……広崎、泣いてる？」

感情が高ぶっていたせいで、知らないうちに目から涙があふれでる。

「どうして、泣くの？　俺、なにか……」

「ちがっ……なんでもな……っ」

「でも、俺が理由なんだろ？」

「っ、ふっ……」

どうしよう。加瀬くん、絶対困ってるよね。それにこんなところをだれかに見られたら、加瀬くんが泣かせたみたいに思われちゃう。

「ごめんなさい、私……これ、お願い……」

押しつけるように加瀬くんにプリントを渡して、私はその場を走り去った。

教室にはとてももどれなくて、私は保健室にきていた。

「熱はないみたいだけど、顔が赤いし、ちょっと目がうるんでるわね。風邪かもしれないから、あいているベッドに横になって休んでて」

「はい」

奥のベッドはだれかが使っていたので、私はカーテンを閉めて、そのとなりのベッドに横になった。

授業、さぼっちゃった。さつき、心配してるかな。加瀬くんは……。

体を横向きにしてねころんだまま、布団をぎゅうっと抱きしめる。

加瀬くん、なんて言うつもりだったのかな。

怖くて、きけなかった。

きいちゃったら、もしも鈴村さんのことが好きだ、って言われたら、私はもう……、加瀬くんを好きでいることもゆるされなくなっちゃう気がして……。

「広崎さん」

カーテンの外から、保健師の先生が声をかけてくる。

「はい」

「私、職員室に用事があって少し席をはずすけど、眠れそう？」

「そう。それじゃあなにか急ぎの用があったら、職員室にきてね。内線で呼び出してくれてもいいし。やり方は、電話機にはってあるから」

「わかりました」

「鈴村さんも、いい？」

「はい」

「！」

「それじゃあ、ちょっとの間、悪いけど、席はずすわね」

保健師の先生は、スリッパをパタパタといわせながら保健室を出ていった。

鈴村さんが、となりのベッドに？　なに、この状況。授業をサボったりしたから、バチがあたったのかな。でも鈴村さん、どうしたんだろう。今朝、駅で加瀬くんといるのを見かけたときは、体調が悪いようには見えなかったけど……。

「……っ、うっ」

カーテンの向こうから、鈴村さんのすすり泣く声がきこえてくる。

「うっ、加瀬、く……」

え……今、加瀬くん、て……。

どういうこと？　加瀬くんは、鈴村さんのことが好きなんだよね？　それなのにどうして鈴村さん、そんな悲しそうに泣いて……あ、もしかして、加瀬くんに……。

「っ……ひっく……」

押しころすようにしてすすり泣く鈴村さんの声に、私は自分の胸をぎゅっとつかまれたような気持ちになった。

もしも鈴村さんが泣いている理由が、加瀬くんにふられたからだとしたら――。

それは私にもまだ、わずかな可能性があるということになり、私はまだ加瀬くんを好きでいられる。つまり私にとっては「よかった」というべきことになる。

けれども、鈴村さんのつきささるような悲しげな声をきいてしまった今、私はとても手放しで喜べなかった。

もちろん泣いている鈴村さんがかわいそう、と思う気持ちもある。

でもそれ以上に私の心の中にあるのは――、私もふられてしまうかもしれない、という恐怖感にも似た感情だった。

ずっとずっと前から加瀬くんのことが好きで。

いつか思いを伝えて、両想いになることを夢見ていたけれど。

私はいつのまにか、忘れてしまっていたのだ。

告白しても、かならずうまくいくわけじゃないってことを……。

「ぐすっ……うっ……」

鈴村さんは、まだ泣きやむ様子がない。先生がいなくなるまでずっと、泣くこともがまんしていたのかと思うと、胸が締めつけられるように痛い。

鈴村さんのすすり泣く姿に、私は告白してふられて泣く未来の自分の姿を重ねていた。

恋愛の噂なんて、あっというまに広がるものだ。

保健室で授業をサボった日の帰りには、「鈴村さんが加瀬くんにふられたらしい」という噂が、私の耳にも入ってきた。

加瀬くんは鈴村さんとつきあっていなかった。

ふたりは特別な関係ではなく、私は今まで通り加瀬くんのことを好きでいていいのだ。

明日からまた、今まで通りにできればよかったのかもしれない。加瀬くんとバス停まで歩くふたりの時間を、なにごともなかったように今まで通りに……。

でも、私にはできなかった。

加瀬くんとふたりの時間をすごせばすごすほど、私は加瀬くんをどんどん好きになっていく。そしてそれと同時に、期待する気持ちも大きくなってしまう。

加瀬くんも、私と同じ気持ちでいてくれるんじゃないか、って。

そして、期待すればするほど、ふられたときの傷は深い。

次の日から私は電車の時間をさらに一本早くして、加瀬くんに会うのをさけるようになった。これ以上、加瀬くんを好きにならないようにするために……。

第六章

駅について電車を降りてから、私はバス停までの道をひとりで歩いていた。

自転車が通る気配がするたび、自然と体が反応してしまう。

加瀬くんのはず、ないのに。

保健室で授業をサボってしまった日から、今日でもう一週間になる。

加瀬くんとまたふたりの時間をもつ勇気がなくて、私はあの日からずっと彼に会うのをさけるために家を早く出ていた。

私が時間を変えた最初の日、加瀬くんはなかなか教室に姿を見せなかった。

間に合うかとドキドキしていると、朝の会が始まる直前に、教室にすべりこむように入ってきた。

「おーっす。どうしたんだよ、今日は遅いな。寝坊？」

「ん……ああ」

長谷部くんに適当に返事をした加瀬くんは、ほんの一瞬、私を見て、すぐに視線をそらした。

加瀬くん、もしかして、私のことを待ってたのかな。私はただ、「時間変えるね」としか言わなかったから、加瀬くんは私が遅い時間に変えたと思って、それで……。

ううん、まさか、ね。加瀬くんがそんなことする必要ないもの。

……私、加瀬くんが遅くなった理由を自分のせいだと思うなんて、いつからそんなずうずうしいかんちがいを、するようになったんだろう。

今回のことを日記に書いて更新したら、恋助さんからメッセージが届いた。

『ヒナさんが、傷つくのをおそれる気持ちもわかります。でも彼と話もしないでさけていては、いけないと思います。

ヒナさんが彼と会うたびに、彼のことをどんどん好きになっていくのと同じように、彼もふたりの時間をすごしているうちに、あなたのことを好きになってくれるかもしれない。

今、彼を遠ざけてしまったら、せっかくの好きになってもらえるチャンスを、自分でこわすことになってしまいますよ。まずは、彼が話そうとした内容をきちんときくべきだと思います。勇気を出して、がんばって』

あれから一週間たったけど、朝、駅で加瀬くんに会うことはなかった。

もしかしてスマホに連絡があるかも、なんて心のどこかで期待していたけど、それもなくて。

ついこの前まで加瀬くんとふたりでこの道を歩いていたのは、現実だったのかな、なんて思えてくる。

いつもバス停につくちょっと手前で、そう、だいたいこのあたりで加瀬くんが自転車に乗って「じゃ、またあとで」って言って。私がバイバイ、って手をふって……。

加瀬くんとの時間を思い出してせつなくなった私は、制服のブラウスをぎゅっとにぎりしめた。

「加瀬くん……」

小さく心の声をもらしたとき、チリンチリンと自転車のベルを鳴らす音がうしろからきこえてきた。

うそ、加瀬くん？

ドキドキしながらふりむくと、一年生のときに同じクラスだった三浦くんが、自転車に乗りながら片手をあげて手をふっている。

……加瀬くんじゃ、なかった。

がっかりしている自分にあきれながら、私は三浦くんと挨拶をかわした。

「三浦くん、おはよう」

「おはよ、梨奈ちゃん。ひさしぶり」

三浦くんは、私にかぎらず女の子を下の名前で呼ぶ。

いつもニコニコしていて人なつっこい三浦くんは、同級生だけでなく先輩からも、かわいいと言われる人気者だ。

「いつもこんなに早いの？」

「ううん。いつも、ってわけじゃ……」

「えー。じゃあ僕、超ラッキーじゃん」

かわいいだけじゃなくて、こんなことも言えるし。

「もーいいよ、そういうのは私に言わなくても」

「本心で言ってんのに。うたがってるの？　僕の目、見てよ」

子犬みたいにうるうるした目で、三浦くんが訴えかけるように見つめてくる。

「わ、わかったから、そんな目で見ないで……」

「あー、三浦くんだ。おはよー」

「おはようございます。あれ？　あゆみ先輩、今日髪型ちがいますね」

「え、うん。ちょっとだけ、まいてみたんだけど……気づいた？」

「気づきますよ。そんなにかわいくなってれば」

「そんなこと言って、うまいんだから。でもまたまいてこようかな」

あゆみ先輩は、くねくねっとしてほおを赤く染めながらいってしまった。

……なんか、ある意味うらやましい。三浦くんの饒舌さの、せめて十分の一でも私にあったらよかったのに……。

「ね、梨奈ちゃんさー、もしかしてだれかのこと待ってたんじゃない？」

「え、ううん。どうして？」

「だってさっきふりむいて僕の顔を見たら、がっかりした顔してたから」

「そんな顔っ……」

「してた。ハズレか、って顔。結構ショックだったんだけど」

「……」

スルドいっ。

「そ、そんなことないよっ。急に自転車のベルが鳴ったからおどろいただけで……」

「あ、あれ加瀬ちゃんじゃない？」

「えっ」

ふりかえると、本当に自転車に乗ってこちらに走ってくる加瀬くんの姿が見えた。

わ、アタリ。じゃなくて、どうしよう。加瀬くん、なんでこんな早い時間に……。

「おーい」

三浦くんがニコニコして手をふると、加瀬くんは自転車から降りずに片足だけを地面につけて止まった。

「加瀬ちゃん、おはよ」

「おはよ。三浦、なにやってんの」

「なにって、梨奈ちゃんと話してたんだよ。ね？」

「う、うん」

「……」

加瀬くんはだまったまま私を見つめたあと、フイと視線をそらした。

ズキッと胸が痛む。

なにかひとことくらい言ってくれると思ったのに。「おはよう」くらい、言ってくれると思ったのに。

加瀬くん、まるで怒ってるみたい。

私があんな態度をとって、その後もさけたりしたから、きらわれちゃったのかな……。

「ごめん、じゃまして。それじゃ」

加瀬くんは私のほうを見ることもなく、そのまま自転車をこいでいってしまった。

「ははっ。加瀬ちゃん、なんか、かんちがいしたみたいだね」

「え……」

「僕と梨奈ちゃん、そういう感じに見えるのかなー」

えっ、そういう感じって、そんな……。

「わ、やばっ。僕も早くいかなきゃいけないんだった。梨奈ちゃん、またね」

三浦くんも、加瀬くんのあとをおいかけるようにいってしまう。

そんな……そんな、どうしよう。

かんちがいって、私と三浦くんが特別に仲がいいとか、私が三浦くんのことを好きとか、そういうことだよね？　私が好きなのは、加瀬くんなのに。

それにそこまで思わなくても、加瀬くんと朝一緒にいかなくなったこの一週間、ずっと三浦くんと会ってたと誤解したんじゃ……。

「ごめん、じゃまして」

さっきの加瀬くんの表情は、毎朝バス停まで一緒に歩いてくれたときのやさしい加瀬くんとは、別人のようだった。


教室の前で同じクラスの女の子たちと挨拶をかわしながら、さりげなく加瀬くんの姿をさがす。

……いる。加瀬くん……。

加瀬くんは、私の席のすぐ近くで長谷部くんと話していた。

さっきのことを加瀬くんがどう思ったのか気になっていた私は、ドキドキしながら自分の席に座った。加瀬くんとの距離がちぢまり、私のドキドキがよりいっそう速くなっていく。

「……お、おはよう」

目を合わせることはできなかったけど、なんとかフリーズせずにふたりに「おはよう」と声をかけることができた。

「広崎さん、おはよ。最近くるの早いね」

「え、あ、うん。ちょっと……」

「俺らは今日、ミーティングがあったから早くきたんだよな」

「ああ」

いつもよりそっけない加瀬くんの様子に、小さくショックを受ける。

と、加瀬くんが突然、なにか決意したように私に顔を向けた。ドキッと心臓がはねあがる。

「広崎、最近いつもあの時間なの?」

「え、あの時間って?」

話が見えないといった顔で、長谷部くんがきいた。

「さっき、駅で会ったんだ」

加瀬くんが、ボソッとつぶやくように言った。

「バス停の近くで、広崎が三浦と話してるときに通りかかって」

「え、もしかして広崎さん、三浦と待ち合わせしてた？」

「ううん、三浦くんとは偶然駅で会っただけで……」

「偶然？」

「なんだ偶然か、びっくりした。いや、今日三浦も早くきてたんだけど、女の子に呼び出されたらしくって。その女の子が広崎さんなのかと思った。また告られたらしいよ、あいつ」

「そうなんだ。モテるんだね、三浦くん」

「まあ、あの顔であのキャラだからな。納得だけどさ。最近、朝早く呼び出して告白するのがはやってるんだな。な？　加瀬」

「俺にふるなよ」

「だって、おまえも朝呼び出されて告られただろ。しかも二回も」

「今、俺の話は関係ないだろ」

そっか、鈴村さんだけじゃなかったんだ。加瀬くん、なんて返事したのかな。

気になって加瀬くんのほうをちらりと見ると、加瀬くんもこちらを気にしていたようで、視線がぶつかった。

　長谷部くんはクラスの他の男子と話している。加瀬くんとふたりきりになってしまい、私のドキドキがピークに近づいていく。

「……三浦と、待ち合わせしてたんじゃなかったんだ」

　こくりとうなずくと、加瀬くんはバツが悪そうに髪をくしゃっとした。

「俺さ、今日の朝、三浦が女の子に呼び出されてるって、知ってたんだ」

「うん……」

「だから今朝、広崎と三浦が一緒にいるのを見て、それが広崎なんだとかんちがいした。カッコ悪いな、俺」

「う、ううん、そんなこと……」

「でも、安心した」

　そう言って、加瀬くんはふわりとほほえむ。

「広崎も、誤解してる？」

「え……」

「俺、鈴村にはっきりことわったんだよ。もうひとりの子も。だれともつきあったりしてない」

「……」

そのままフリーズしてしまい、私はなにも言葉を返すことができない。

なんの反応もしめさない私に、加瀬くんの瞳が一瞬、ゆらりとゆれた。けれどもすぐに、まっすぐな瞳が私をとらえる。

「俺、明日の朝も、いつもの時間にいくから」

「っ……」

「広崎、あのときなんで……」

加瀬くんが最後まで言い終わらないうちに始業のチャイムが鳴り、みんながざわざわと席につき始める。

「……」

加瀬くんは、言葉の続きをのみこんだまま、自分の席へもどっていった。

第七章

『広崎(ひろさき)、あのときなんで……』

授業中、私(わたし)はぼんやりしながら、加瀬(かせ)くんが言おうとした言葉の続きを考えていた。

「なんで、あのとき泣いてたの？」

「なんで、急に朝の時間を変えたの？」

「なんで、俺のことをさけてるの？」

わからない……、加瀬くんはなにを言おうとしたのだろう。

あのとき、加瀬くんが鈴村(すずむら)さんとつきあうかもしれないと思ったら、すごく悲しくて。

でもそれを信じたくない自分もいて……。いろいろ複雑な感情でいっぱいになってしまって、気がついたら涙(なみだ)があふれていた。

朝の時間を変えてさけているのは、これ以上加瀬くんを好きにならないようにするためだった。

どんどん好きになって、気持ちがおさえられなくなって告白して、加瀬くんにふられて……、鈴村さんみたいに泣くのがつらいから。私が、臆病だから……。

こんなこと、加瀬くんには言えない。

でも加瀬くんは、自分が三浦くんのことでかんちがいしたことも、鈴村さんのことで私が誤解しないように、ちゃんと話してくれた。私も勇気を出さなくては。

告白するのはまだムリだけど、少しだけでも、正直に自分の気持ちを伝えたい。


「ずっと好きだった。アヤカには、あいつがいるってわかってても……」

彼の言葉に頭をフル回転させてみるが、だれのことを言っているのか、まったく心あたりがない。

「あの、きいてもいい？　あいつ、って……」

彼の腕の中から、顔をあげておそるおそるたずねると、彼はおもしろくなさそうな顔をして答えた。

「朝さ、ときどきあいつと一緒にきてるだろ。他の高校の制服着てる……」

「一緒、に？」

「駅まで歩いてるの何度も見かけた。いつも、すげー楽しそうに話しててさ。すごく自然な感じっていうか」

「あ」

それって、もしかして……。

「お兄ちゃんなの」

「え？」

おどろいてかたまった彼は、キョトンとした顔で私の両肩をつかんで見おろしてくる。

「お兄ちゃん……」

「うん。お兄ちゃんは自転車通学だけど、ときどき駅まで一緒に歩いてくれるの。私はふだんは、歩いて駅まで……」

「……」

グイッと引きよせられ、おどろいて彼の顔を見上げようとすると、彼の手が私のその動きをじゃました。

「やば……すげーはずかしい」

頭の上で、彼が照れくさそうに話す声がきこえてくる。

「完全にかんちがいしてた。カッコ悪いな、俺。前に、アヤカの髪にふれてるのを見たことがあって、メチャメチャ嫉妬して……」

「それたぶん、髪になにかついてるのをとってもらったんだと思う」

「うん。でもあのときは、すげー妬けた」

彼が、私の髪にふれる。

「俺も、アヤカにふれたかった。ずっとこうしたかったんだ」

ただ髪にふれられているだけなのに、彼の指先を感じるたび、私の胸はこわれそうなくらいにドキドキしていた。


なんか、すっごくドキドキした。

スマホを置いて、枕をぎゅうっと抱きしめる。

アヤカの好きな彼が、お兄ちゃんを彼氏とかんちがいするシーン。

それは私に三浦くんのことを誤解した加瀬くんを連想させた。

「カッコ悪いな、俺」

おまけに、あのセリフまで一緒で……。

どうしても、アヤカの好きな彼と加瀬くんをかさねてしまう。

……ね、加瀬くんもあのとき、少しでも三浦くんに嫉妬してくれた？　加瀬くんも、私にふれたいと思ったこと、ある？

抱きしめた枕に、顔をうずめる。

私はいつも思ってるよ。いつか加瀬くんと、手をつないで歩けたらいいなって……。


スマホを手にして、メール作成の画面を開く。

メアドを交換してから、まだ一度もメールのやりとりをしていなかった。だってずっと毎朝一緒で、教室でも一緒で、そんな必要なかったから……。

初めて送るメールだし、なんて書こう。

さっきへのメールなら勝手に動いてくれる指も、まるでいつもの私のようにフリーズしている。

突然メールなんてしたら、加瀬くん、どう思うかな。

今さら迷惑かもしれない。でも、まず謝りたい。

話もきかずに、いきなり泣いてしまったこと。突然朝の時間を変えて、さけるような態度をとってしまったこと。そして、そうしてしまった理由。

いろいろ、書かなければいけないことはうかぶけれど、一番伝えたいことは……。

前みたいに加瀬くんと、並んでとなりを歩きたい。

『また明日から、同じ時間にいってもいい？』

加瀬くんに私の気持ちを気づかれてしまいそうなので、あまりにもストレートな表現はさけた。

絵文字もない、すごくシンプルなメールを書いて、ふるえる指で送信ボタンを押す。

お、送っちゃった。スマホを抱きしめたまま、私はバタンとベッドにたおれこんだ。

とたんにドクドクと脈打つ音が大きく響いて、緊張で口の中がかわいてくる。

そうだ、名前も入れておけばよかった。加瀬くん、私のアドレス、登録してくれてるかな。

すぐにメールに気づいてくれるかもわからないのに、そわそわして落ち着かない。自分の送信した文章を読み返しながらスマホをいじっていると、加瀬くんから初めてのメールが届いた。

……き、た……。

緊張しながら、受信したメールを開く。

『明日、いつもの時間に待ってる。おやすみ』

加瀬くんからの、初めてのメール。明日、いつもの時間にって……。

うれしい、また、加瀬くんのとなりを歩くことができる。

『おやすみなさい』

加瀬くんに返信し終えてからも興奮がさめない私は、いつまでもスマホを抱きしめて、なかなか落ち着いてくれない胸の音に困りはてていた。


今の気持ちと今日のことを、日記に書いて投稿した。


『じつは今日、恋助さんの小説と、少しだけ似ていることが起こりました。

私が朝、他の男の子と話してたのを見て、彼は私がその男の子を呼び出して告白しているとかんちがいしたのです。その後、誤解だったことがわかり、彼がかんちがいしたとわざわざ謝ってくれました。そして私が誤解しないように、告白された女の子にはっきりことわったことも、話してくれました。

すごくうれしかった。やっぱり私は、彼のことが好きです。そう実感したら余計に、また一緒に朝の時間をすごしたいという思いが強くなって……。それで、思いきって彼にメールを送ったら返事がきて、明日の朝、前みたいにバス停まで一緒にいくことになりました。

恋助さんの小説に、背中を押してもらいました。ありがとうございました』

しばらくして、恋助さんから新しいメッセージが届く。

『よかったですね。もしかすると彼も、ヒナさんと同じ気持ちなのかもしれませんよ。僕だったら、なんとも思ってない子にわざわざ誤解をといたりしない。少なくとも、お気に入りぐらいの存在ではあるはずです。

自信をもって、もっと親しくなれるよう、もう一歩ふみこんでみたらどうかな？　たとえば用事がなくてもメールや電話で話してみるとか。

それくらいしても、彼はずうずうしいなんて言わないと思いますよ。少しは、大胆にせめてみることも必要だと思います。がんばって』

……こ、恋助さん。そんな、急にハードルあげるようなこと……。

それに、加瀬くんが私と同じ気持ち？　私のことがお気に入り？　まさか、ね……。

でもあんなふうに、わざわざ誤解をといてくれたりすると、ちょっとだけ期待しちゃう。

まずは明日、だよね。また、前みたいにもどれるかな。

よく考えたらなにもしてないのに、突然さけられて、加瀬くんもいい気しなかっただろうな。私の勝手な理由でさけたりして、ひどいことしちゃった。

加瀬くん……早く会いたい。

ひさしぶりでドキドキする気持ちもあるけれど、それよりも加瀬くんとまた、ふたりの時間をもつことができるうれしさから、私は幸せな気持ちで眠りについた。

第八章

今朝は、いつもよりも丁寧にブローした。

「髪、うしろはねてないかな」

鏡で最終チェックをしてから家を出る。

――今日は加瀬くんと、ひさしぶりに朝会える。

そう思ったら、まるで遠足の前日のようにワクワクしていた私だったが、電車に乗り、駅で降りるころには、ワクワクはドキドキに変わっていた。

教室では毎日会っていたのに、もうずいぶん長く会っていないように感じる。

加瀬くんに会ったら、最初になんて言おう。あ、最初は「おはよう」だけど、その次は「ごめんなさい」だよね。ちゃんと謝らないと。

あとはメールに返事をくれたお礼と、それから……、

「ずっと会いたかった」

思わず心の声が、言葉となって頭にうかぶ。

「……」

これは、とてもはずかしくて言えないから、心の中で言おう。

私は自分の頭にうかんだ言葉に、照れて赤くなった。

改札を通りぬけて、南口から駅の外に出ると、すぐそこに加瀬くんが立っているのに気づく。

え、加瀬くん？

いつもは私のほうが先に駅についていて、バス停へ向かう途中で加瀬くんと出会っていた。

それなのに今日加瀬くんは、自転車から降りて駅の南口の前に立っている。

私が近づくと加瀬くんは鼻の頭をぽり、とかいて言った。

「ごめん。いつもの時間にって言っといて。つい早くきちゃってさ」

「ううん」

「こっちで待ってたほうが早く会えるかなって思ったんだけど、おどろかせちゃった、な」

「っ……」

か、加瀬くん、わかってるのかな。今の、すっごい殺し文句……。

ふいをつかれた言葉に、さっきまで考えていたことが全部ふっとんでしまう。

「いこっか」

ボーッとしていた私は、先に歩き出した加瀬くんのうしろをあわててついていった。

ひさしぶりだな、この角度の加瀬くん。

自転車をひきながら歩く加瀬くんの横顔に、私は見とれていた。

そして、ときどき首だけをうしろに向けてふわりとほほえむその顔があまりにもやさしくて、何度も、キュンとさせられてしまう。

幅広(はばひろ)い道に出ると、加瀬くんはふりかえって私が横にくるのを待っている。となりに並(なら)んで歩こうと私が足を早めたとき、加瀬くんが「あ」と、なにかに気づいたように声をあげた。

なにかな、と思ってそっちを見ようとすると、突然(とつぜん)加瀬くんが私の手首をとってグッとひっぱる。

「！」

「広崎、こっち」

加瀬くんは私の手首をつかんだまま、まっすぐいくはずだったバス停までの道からそれて右にまがった。加瀬くんの手の熱が、手首から私の中に伝わってくる。熱があるみたいに顔がほてって、熱くてたまらない。

も、だめ……心臓止まりそう……。

突然、少し強引なくらいに手首をつかまれてひっぱられ、私の胸はこわれそうなくらい大きく音を立てていた。体中が一気に熱くなり、息苦しいくらいにドキドキしている。

自動販売機のかげに私をかくすと、加瀬くんの足が止まった。それと同時につかんでいた手が私の手首からはなされる。いったいなにが起きたのか、さっぱりわからない。

「あ、あの……」

なんとか出た消え入りそうな声で、加瀬くんにどうしたのかたずねようとしたが、

「しー。静かに」

その先の言葉は、加瀬くんにさえぎられてしまった。

加瀬くんは自分も自動販売機のかげにかくれながら、さっきまで私たちが歩いていた道を通りすぎる人を気にしている。それを見て、私はやっと、加瀬くんがだれかからかくれ

るためにこっちにきたのだと、理解することができた。

「広崎、もっとそっちいける？」

私は、さらに自動販売機のほうによった。加瀬くんも自転車を支えたまま、自動販売機に体をかくすようにして身をよせてきたため、かなりの至近距離に加瀬くんの顔がある。

ち、近い。こんなに近いと、ドクドクと早鐘を打つような私の胸の音が、きこえてしまうんじゃないかと心配になる。

「いったな……」

ずっと通りに目を向けていた加瀬くんは、目線を前にもどして、そこで初めて私との近すぎる距離に気づいた。

「わ、ごめ……」

加瀬くんが耳を赤くして、一歩うしろに下がる。

「急に、ごめん」

「……」

「さっき、だいぶうしろのほうだったけど、三浦がくるのが見えたんだ」

自動販売機のかげから出て、通りをのぞくと、自転車に乗って通りすぎた三浦くんの背中（なか）が、小さくなっていくのが見えた。

「今日、ひさしぶりだったから、さ」

加瀬（かせ）くんは、まっすぐに私（わたし）を見つめて言った。

「なんか、さ……今日だけは、ふたりで歩きたかったんだ」

「……」

返事を返したいけれど、私はフリーズしてしまって声が出ないため、まっ赤になったまま見つめ返すことしかできない。

私がなにか言うのを待っていた加瀬くんは、あきらめたように目をふせた。

「いこうか」

待って……私、なにも加瀬くんに伝えてない。

先に歩き出した加瀬くんの自転車の荷台を、私はうしろから両手でつかんだ。

自転車がグッとうしろに引っぱられ、加瀬くんがうしろをふりむく。

「あ……」

どうしよう。引き止めたのはいいけど、声が……。

自転車の荷台をつかんだまま、なにも話そうとしない私を、加瀬くんが不思議そうに見

郵便はがき

切手を
貼って
ください

〒102-8519

東京都千代田区麹町4-2-6
(株)ポプラ社 児童書事業局 行

<table>
<tr><td rowspan="3">本を読んだ方</td><td rowspan="2">お名前</td><td>フリガナ</td><td colspan="3"></td></tr>
<tr><td>姓</td><td colspan="3">名</td></tr>
<tr><td>お誕生日</td><td colspan="2">西暦　　年　　月　　日</td><td colspan="2">性別</td></tr>
<tr><td rowspan="5">おうちの方</td><td rowspan="2">お名前</td><td>フリガナ</td><td colspan="3"></td></tr>
<tr><td>姓</td><td colspan="3">名</td></tr>
<tr><td>読んだ方とのご関係</td><td colspan="2"></td><td colspan="2">年齢　　歳</td></tr>
<tr><td>ご住所</td><td colspan="4">〒　　-</td></tr>
<tr><td>E-mail</td><td colspan="4">@</td></tr>
</table>

上記の住所・メールアドレスにポプラ社からの案内の送付は必要ありません □

※ご記入いただいた個人情報は、刊行物・イベントなどのご案内のほか、お客さまサービスの向上やマーケティングのために個人を特定しない統計情報の形で利用させていただきます。
※ポプラ社の個人情報の取扱いについては、ポプラ社ホームページ(www.poplar.co.jp)内プライバシーポリシーをご確認ください。

買った本のタイトル

質問1 この本を選んだ理由を教えてください（複数回答可）

□タイトルが気に入ったから　□イラストが気に入ったから
□作家さんが好きだから　□いつも読んでいるシリーズだから
□他の人にすすめられたから　□図書館で読んだから
□その他（　　　　　　　　　　　　　　　　　　　　）

質問2 この本を選んだのはだれですか？

□読んだ方　□買った方　□その他（　　　　　　　　　　）

質問3 この本を買ったのはどこですか？

□書店　□ネット書店　□その他（　　　　　　　　　　）

●**感想やイラストを自由に書いてね！**（著者にお渡しいたします）

ご協力ありがとうございました。

つめる。

「広崎？」

「あ、の……」

じっと私を見ていた加瀬くんが、はっとなにかに気づいたように顔を上げた。

「あ、のどかわいた？　なんか買ってく？」

「えっ？」

ち、ちがうっ。加瀬くんかんちがいしてる。

荷台をひっぱったのは、ジュースが買いたいからじゃなくてっ。

「ち、ちがうの。そうじゃなくて、その……」

加瀬くんの発言におどろきすぎて、そっちに意識がいったからか、私はいつのまにかフリーズしないで声を出していた。

「ずっと言わなくちゃいけないって思ってて」

「え……」

「加瀬くんに、ずっと謝らなくちゃって……」

「俺に？」

「今朝会ったら、すぐに謝ろうと思ってたの。でもいろいろあって、その……タイミングはずして……」

「うん」

「ごめんなさい。顔あわせづらくて、それで朝……」

「俺、なんかしたなら……」

「ううん。加瀬くんは悪くないの。私が……」

これ以上一緒にいたらもっと好きになって、それでいつかふられるのがこわくて……。

その言葉は自分の中に飲みこむ。

「もう、いいの？」

加瀬くんが、じっと私の瞳を見つめてくる。

「もう、顔合わせても平気？」

平気なわけじゃない。今日だって、昨日よりもっと好きになってる。だからその分、ふられたときのことを考えるとこわくなってしまう。

でも、顔を合わさないほうが、平気じゃない。

ずっと会いたかった。また加瀬くんのとなりを歩きたい……。

「う、ん……また一緒にいってもいい？」

自転車の荷台を見つめて、ぎゅっとにぎりしめながら、精いっぱいの気持ちを伝える。

「……よかった」

「え」

「なんか、きらわれるようなことしちゃったかと思って、あせった」

「ごめんなさい……」

「本当に、俺、悪くないの？」

「うん」

「なら、明日こそいつも通りの時間に、な」

クシャッと目を細めて笑う加瀬くんに、私の胸の音がキュンと鳴ったのがきこえた気がした

その次の日からまた、私と加瀬くんは、前のようにバス停までの道を並んで歩くようになった。けれども今朝はサッカー部の朝練がある日なので、となりに加瀬くんはいない。

以前はひとりで歩くのがあたり前だったこの道が、今では加瀬くんとふたりで歩くのが

あたり前になってしまっていて、彼がいないこの風景にものたりなさを感じてしまう。

部活の朝練だもん、しかたないよね。それに、明日は朝練がないから一緒にいけるって
メールに書いてあったし……。

朝、一緒にいけないのはさびしいけれど、加瀬くんが家に帰ってから私のことを一瞬
でも考えてメールをくれたんだと思うと、それだけでうれしくなる。

立ち止まってにやけながらメールを読み返していると、うしろからチリンと自転車のべ
ルの音がきこえてきた。ふりむくと、ニコニコとした笑顔で三浦くんが手をふっている。

私においつくと、三浦くんは自転車を降りて私のとなりに並んだ。

「おはよ、梨奈ちゃん」

「三浦くん、おはよう」

「ね、なーんかうれしそうだね。なに見てたの？」

「え、あ、ううん。なんでもないの」

私は、さりげなくスマホをしまった。

「またまたー、僕の目はごまかせないよ」

三浦くんは、見すかすように私の顔をのぞきこんでくる。

「ほっぺた、ピンクに染めちゃって。なに考えたら、そんなかわいい顔しちゃうわけ?」

三浦くんが、私のほっぺたを指でちょんとついた。

「み、三浦くんっ」

「わ、今度は赤くなった。ほっぺたさわったくらいで赤くなっちゃって、梨奈ちゃんかわいー」

な、なるでしょ、ふつう。男の子に突然、ほっぺたさわられたりしたら……。

「もう。三浦くん、からかわないで」

「はは、ごめーん。だって梨奈ちゃんが、あんまりかわいい反応するから、つい。……怒った?」

三浦くんはまた子犬のようにうるうるした瞳をして、ちょっと首をかたむけて見上げてくる。

う、この瞳で言われると、弱いかも。

「怒ってないから。そんな目で見ないで……」

「あー、三浦くんだ。あ、梨奈ちゃんもおはよう」

「あれ?　久美ちゃんて、いつもこの時間?」

「ううん。今日はたまたまだよ。いつもより早くきたから」

「えー、じゃあ僕、超ラッキーじゃん。久美ちゃんに、偶然会えるなんて」

「……」

このセリフ、確かこの前きいたような……。

「三浦くん、久美ちゃん。私、もういくね」

ふたりは自転車なので、私はひとりでバス停に向かって歩き出した。

久美ちゃんが、そのときじっと私の背中に視線を送っていることに、私は気づいていなかった。


もうすぐバレーボール大会がおこなわれる。そのため体育の授業は男子も女子も、バレーボールの試合をしていた。

いつもは髪をおろしている私も、体育の授業のときは髪をゴムでたばねたりクリップでとめたりしている。今日はポニーテールにしていた。

試合の順番がまわってくるまで、みんなでレシーブやサーブの練習をしていると、私の足元にボールがころがってくる。だれのかな、とボールをひろってキョロキョロしている

と、

「梨奈ちゃーん、こっち投げてー」

三浦くんが手を上にあげて大きくふっているのが見えた。体育の授業は二クラス合同でおこなうため、となりのクラスの三浦くんも一緒だったのだ。

三浦くんのほうに向かってサーブを打つようにして、ボールをとばす。

あ、あれ？　なんだか全然ちがう方向に……。

私の打ったボールは、三浦くんがいる場所とは全然別の方向にとんでしまった。

「あはは。梨奈ちゃん、へたくそー」

にこにことかわいく笑いながら、三浦くんは失礼なセリフを大声でさけんでくる。

三浦くん、ひどい。しかもあんな大きな声で……。

同じようにサーブやレシーブの練習をしていた長谷部くんが、とんでいったボールをキャッチしてくれる。軽く落ちこみながら、私は長谷部くんのところにかけよってボールをとりにいった。

「長谷部くん、ありがとう」

「あ、これ、広崎さんの？」

「う、飛ばしたのは私なんだけど、本当は三浦くんのボールなの。三浦くんに向かってサーブを打ったつもりが、なぜかこっちに飛んじゃって……」

「ああ、三浦ね」

長谷部くんが、三浦くんに向かってサーブを打つ。ボールは、ねらい通り三浦くんの正面に飛んだ。うまい。いいな……。

じっとうらやましそうにサーブを打つ長谷部くんを見つめていると、その一部始終を見ていた加瀬くんが、くす、と笑ってこっちに歩いてきた。

……わ、笑わなくても。

みっともないところを見られたはずかしさから、ぶわっとまっ赤になる。

「ごめん、つい……」

加瀬くんは手をグーにして口に当てて、笑いをこらえている。

「サーブを打ったときに、手がちがう方向を向いてるからだよ。打ちたい方向に手が向いていたら、ちゃんとそっちに飛ぶから。やってみて」

「え……あ、うん」

加瀬くんが、ボールを私に渡す。

加瀬くんに言われたことに気をつけながらサーブを打ってみると、距離はまだあまり飛ばなかったけれど、さっきよりもまっすぐにボールを飛ばすことができた。

「ん。そんな感じ」

「あ、ありがとう」

ボールを返してもどろうとすると、加瀬くんはほんの少しかがんで、私だけにきこえるように話しかけてきた。

「髪、いつもとちがうね。なんか、雰囲気ちがう」

「そ、そうかな……」

「そっちも似あう」

「え……」

うわ、も、だめ……。加瀬くんにそんなこと言われたら、フリーズしちゃう……。

ちら、と加瀬くんの様子をうかがうと、加瀬くんもほんのりと顔を赤くしている。

ふたりで赤くなったまま、数秒間立ちつくしたあと、加瀬くんと私はクルリと背中を向けて、おたがいの場所にもどった。

さつきがニヤニヤして、私の顔をのぞきこんでくる。

「遠くから見てても、なんかいい感じだったよ。加瀬くんと、なに話してたの？」

「サ、サーブの打ち方を教えてもらってただけだよ」

「へえ、そうですか。個人指導ですか」

「個人指導って、そんな大げさなものじゃ……」

「ほら、コーチが見てるよ」

サーブの練習をする私を加瀬くんがチラリと見る。私の打ったサーブがまっすぐに飛んだのを確認して、加瀬くんは親指と人さし指で小さな丸を作った。


「だからそれはもう、つきあってるようなものだよ」

さつきはそう言って、お弁当に入っているブロッコリーを口にパクッと入れた。

「毎朝のようにバス停まで一緒にいってるんでしょ？　しかも告白されたこともことわったことも、ちゃんと梨奈に話してくれて。加瀬くんは、かなり気持ち見せてくれてるじゃん。梨奈も加瀬くんに、言葉や態度で好きって気持ちを伝えないと」

「わ、私すごく態度に出てると思うけど。だって顔赤くなったり、フリーズしたり……」

「それじゃ伝わらないよ。顔赤くなるのはいいとしても、フリーズしちゃうのは、ただ男の子と話すのが苦手なのかな、っていうふうにも見えるし。梨奈が自分に好意をもっていることがわかればきっと、加瀬くんから告白してくれると思うけどな」

「でも、どうやって……」

「ちょっと遠まわしに言ってみたら？」

「どんなふうに？」

「うーん、例えば、加瀬くんに好きな人がいるかきいてみるの。それって梨奈が、加瀬くんに好きな人がいるかどうかを気にしてるってことでしょ？　梨奈が加瀬くんに好意をもってるってことは伝わるんじゃない？」

確かに好意をもってることは伝わりそうだけど、私が加瀬くんのことを好きだって、バレちゃうんじゃ……。

「もうちょっと遠まわしなの、ない？」

「んー好きなタイプをきいてみるとか？」

「好きなタイプなら、少し知ってる。加瀬くん、サラサラのロングヘアーが好きなんだって。一年生のときに、クラスの女の子にきかれて答えてるの、きいたことがあるから」

「ははーん。それで梨奈は髪(かみ)をのばしてるんだあ。もう、かわいいやつめ」

さつきは、私の頭をよしよしとなでた。

「まあ、梨奈からもう一歩好きな気持ちをアピールできたら、加瀬くんも安心して告白できるんじゃない？」

「こ、告白って、加瀬くんがだれを好きなのか、まだわかんないんだけど」

「とにかくっ。ふたりきりの時間があるんだから、チャンスはいくらでもあるよ。がんばれっ」

「うん、がんばる」

「あとは、フリーズしないようになること」

「……それが一番問題なんだけどね」

そう言って、私はため息を吐いた。

でも、フリーズしないで話せるときもあるんだよね。この前みたいに、加瀬くんの「のどかわいた？」発言におどろいたときとか、顔を見ないで話すときとか……。

きっと、伝えたい「想い」とか「好き」って感情があふれだしたとき、その想いや感情の熱が、フリーズした私をとかしてくれるんだと思う。

もっともっと、加瀬くんのことを好きになって、いつか「好き」な気持ちがおさえきれずにあふれだしたら、そしたら……、いつか、加瀬くんに「好き」って言えるかな。


「そういえば、さつきはいないの？　好きな人」

「あー気になる人、はいるかな」

「え、うそっ、だれ？」

「まだ内緒。恋に発展したら教えてあげる。そのときは協力してね」

「もちろん。なんでも言って」


「もりあがってるね。なんの話？」

そのとき、席にもどってきた長谷部くんが、私たちのところにひょいと顔をのぞかせてきいてきた。

さつきは長谷部くんのとなりにいた加瀬くんをチラリと見て、意味ありげな顔で言った。

「女子がもりあがる話と言えば、恋バナにきまってるでしょ。ね、梨奈っ」

「う、うん」

加瀬くんの表情をそっとうかがうけれど、とくに表情を変えた様子もなかった。

動揺したりおどろいた様子もないし、興味津々でくらいついてくる感じもない。悪く言えば、興味ないって感じ。

……加瀬くんには、どうでもいいことなのかもしれない。

なんとなくショックを受けた私は、お弁当箱をかたづけるのを理由に、だまってその場をはなれた。

お弁当箱をかたづけて席にもどろうとふりかえると、加瀬くんと視線がぶつかる。

加瀬くんは表情を変えないまま、じっとしばらく私を見つめていた。

第九章

おふろから上がって髪をタオルでふきながら、テレビの天気予報を見る。

明日は全国的に雨の地域が多く、全国の天気を伝える画面には傘マークがいっぱい並んでいた。

「雨かあ……」

そういえば、加瀬くんは雨の日はどうしてるんだろう。

少しくらいの雨なら自転車でいっちゃうんだろうけど、ザーザー降ってるときはバスを使わないのかな。

私は電車で学校の近くの駅までいって、そこからバスに乗って通っているけれど、家からバス一本でいける人もいるし、駅を通らない路線のバスでくる人もいる。

明日雨が降ったら、加瀬くんと一緒のバスに乗れるかな……。

ぼんやりと考えていると、パジャマのポケットに入れたスマホがふるえた。

……加瀬くんから、だ。

画面に表示された名前を見ただけで、一気に胸の鼓動が速くなる。

あわてて私は自分の部屋に向かって、階段をかけあがった。

フローリングの床にしかれたラグマットの上にペタリと座って、ドキドキしながら届いたメッセージを読む。

『明日、雨みたいだから一緒にいけない。先にいってて』

予想していた内容なのに、きゅっ、とさびしさで胸の奥がうずいた。

明日少しでもいいから、いつもみたいに加瀬くんと話したかった。というか、加瀬くんの笑顔を見て、今日のお昼に受けたショックを忘れたかったのに……。

メールなら、顔が見えないからフリーズする心配もないので、私も少しだけ大胆に行動できる。

私は思い切って、さっき疑問に思ったことをきいてみた。

『加瀬くんも明日はバスでいくの？』

『駅までバスでいって、広崎が乗るバスに乗りかえる。でもふだん乗ってないから、はっきり時間が読めないんだ。だから待ち合わせとかできなくて、ごめん』

加瀬くんのやさしさが伝わる文面に、ほんわりと胸があたたかくなる。

『わかりました。同じバスに乗れるといいね。おやすみなさい』

あたりさわりのないメールを送りながら、私はひそかに思っていた。

明日、加瀬くんのこと、待ってようかな。だって、せっかく同じバスに乗れるチャンスなんだもん。

いいよね、そのくらい。迷惑じゃないよね？

明日、加瀬くんと一緒にバスに乗って登校できるかと思うと、さっきまで憂鬱だった雨が楽しみになってくる。

私って、単純だな。

そう自覚しながらリビングにもどってきた私は、さっきとはちがう、うかれた気持ちで、別の番組の天気予報の画面を見ながら明日の雨を確認していた。


次の日の朝。天気予報はみごとにあたって、朝からけっして小降りとは言えない雨が、道路のアスファルトを黒くぬらしている。

加瀬くんが何時ごろのバスに乗ってくるかわからないので、一本早い電車に乗った私は、いつもより早く駅に到着した。

さすがにこの時間には、まだ加瀬くんはきていないだろうな……。

駅の南口で傘をさしてバス停に向かおうとすると、すぐそこに一年生のとき同じクラスだった久美ちゃんを見つける。

「久美ちゃん、おはよう」

「梨奈ちゃん、あれ、今日いつもより早くない？」

「あ、うん、今日はたまたま、ね」

加瀬くんと一緒にバスに乗るために、待ちぶせしているとは言えないもんね。

ふたりで少し話していると、私と久美ちゃんの傘に、だれかが同時に傘をコツンとぶつけてくる。ふりかえると三浦くんが、ニコニコしながら立っていた。

「あ、三浦くん、おはよう」

「三浦くん……」

久美ちゃんが顔をくもらせる。

「梨奈ちゃん、三浦くんと待ち合わせしてたんだ……」

「え、ちが……」

「梨奈ちゃん、僕、だいぶ待たせちゃった？」

三浦くんがふざけて、わざと本当に待ち合わせしてたようなセリフを言うのをきいて、久美ちゃんの表情が、さらにかたくなった。

「やだなもう、三浦くん。久美ちゃんが、本気にしちゃうよ。偶然会っただけなのに」

「本当に？　でも、この前も……」

久美ちゃんは、うたがいをはらんだ目で私をじっと見つめる。

「うん。本当にほんと。今日もこの前も、たまたま偶然会っただけだよ。ね、三浦くん」

「うん。ちょっとイタズラしちゃった。ごめんね、久美ちゃん」

三浦くんの、子犬のようなうるうる目に、久美ちゃんの表情が、ふにゃっとなった。

「な、なーんだ、びっくりした。三浦くん、うまいんだもん。本気にしちゃった」

「へへ。イタズラ成功」

ピースしてニコッと笑うと、三浦くんは傘をさして雨の中に一歩ふみだした。

「あ、待って。私も一緒にいっていい？」

久美ちゃんが、あわてて三浦くんに続く。

私は、カチッと音をたてて傘を閉じた。

「私、コンビニで買いたい物があるんだった。先にいってて」

「そうなの？」

「じゃあまたね。バイバイ梨奈ちゃん」

久美ちゃんが三浦くんとふたりになれるように気をきかせた私は、南口で立ったまま少し時間がたつのを待って、それからバス停へ向かって歩き出した。

知らなかった。久美ちゃん、三浦くんのこと……。

誤解とわかって、ホッと安心した久美ちゃんの顔を思い出しながら、雨の中を歩く。

三浦くんの場合、みんなにやさしくて、だれのことが好きかわからないよね。そもそも、特定の好きな人がいるのかどうか……。

ふと、昨日さつきに言われたことを思い出す。

加瀬くんは、好きな人いるのかな。

本当は、すごく気になる。今すぐ知りたい。……でも、きけない。

うだうだ考えていると、もうバス停が見えてきた。

雨の日はバスを利用する人が多いため、バス停にはふだんよりも長い列ができている。

三浦くんと久美ちゃんは一本前のバスに乗ったのか、バス停に並ぶ列にふたりの姿はなかった。

二本バスを見送って、列の一番うしろにいた私は今、先頭に立っている。

次のバスが私がいつも乗る時間のバスだ。でもバス停にはまだ加瀬くんの姿はない。

もしかして、さっきの三浦くんたちが乗ったバスで、いっちゃったのかな……。

だんだん不安になってくる。

時間になり、私がいつも乗るバスがバス停の前でとまった。一歩うしろに下がってバスに乗りこんでいく人たちを見送っていると、パシャっと水をはねさせて、加瀬くんが走ってくるのが見えた。

よかった。入れちがいじゃなかったんだ。

加瀬くんの姿を目にして、あっというまに私の中にあった不安な気持ちがかきけされていく。

加瀬くんがバス停につく寸前（すんぜん）に、バスは発車してしまった。

あー、という顔をして走るのをやめた加瀬くんの顔が、バス停にひとりとりのこされた私に気づいておどろいた顔に変わる。

「広崎（ひろさき）？」

加瀬くんは少し足早に歩いて私のとなりに立つと、たった今発車したばかりのバスのうしろ姿をチラリと見て言った。

「今の、いつものバスだよな」

「うん……」

「待ってたの？　俺のこと。約束してないのに」

あ、ウザイって思われちゃったかな。

加瀬くんは昨日「待ち合わせできない」ってはっきり言ってたのに……。

「あ、あの、ごめんなさい、私……」

「どのくらい待ってたの？」

「少し、しか……」

うつむいて消え入りそうな声で話す私のうそは、加瀬くんに簡単に見やぶられてしまう。

「少しじゃないだろ。ブラウスのそでのとこ、結構ぬれてる」

加瀬くんはカバンからタオルをとりだすと、私のほうにさしだした。

タオルをもった加瀬くんの手が、私の傘の中に入ってくる。

「これでふいて」

「あの、大丈夫だから……」

「早くうけとってくれないと、俺がぬれちゃう」

見るとさしだされた腕の傘に入りきれていない部分が、雨にぬれてしまっている。急いでタオルを受けとろうとすると、指先がほんの一瞬、加瀬くんの手にふれてしまった。

たった一瞬のそれだけのできごとが、私の胸を落ちつかなくさせる。

ぴくっ、としてひっこめかけた私の手を、加瀬くんがタオルごとつかまえた。

……私、今、

「広崎……手、つめたい」

加瀬くんの手に、ふれて、る。

衣替えで制服のブラウスは半そでにかわったばかりだ。こんな雨の日は、半そででは まだ肌寒いこともある。早めにバス停にきて雨の中で立っていた私の手は、指先まですっかりひえきっていた。

それなのに、加瀬くんの指が直接ふれているのは、ほんの少しなのに、ふれられたその部分から、じりじりと熱くなってくる気がする。

顔が見られずに、ずっとおたがいの手がふれている部分を見つめていると、頭の上からボンヤリと加瀬くんの声がきこえてきた。

「広崎、バスきたよ」

バスが、ゆっくりと私たちの前に停まった。

プシュー、という音とともにドアが開くと、それを合図にタオルは私の手にあずけられ、加瀬くんの手だけがするりとはなれていく。

バスの一番うしろの座席に、私たちは並んで座った。加瀬くんが窓側の席を私にゆずってくれた。バスの中はみんなが話し出し、ざわついている。

バスが動き出すと加瀬くんは、ぽつりと話し始めた。

「さっき乗ってきたバス、道が渋滞してて思ったより駅につくのが遅れたんだ」

あ、だから加瀬くん、走ってたんだ。

「広崎がいつも乗るバスに、一緒に乗ろうと思ってたのに、目の前でいっちゃって。あー間に合わなかったと思ったら、広崎が待っててくれて。なんか、得した気分」

「そん、な……」

「ありがと。待っててくれて」

ふわりとほほえんだ加瀬くんに、キュンと胸がうずく。

あ、私、また今、もっと加瀬くんのこと、好きになった。こうやって、会うたびにどんどん加瀬くんを好きになっていく。

もう、好きすぎて、苦しい……。

バスの座席に置いた私の手に、加瀬くんの手がコツンとふれる。

「手、まだつめたいな」

「うん……」

「寒くない？」

フリーズしてしまった私は、答えられずにコクンとうなずく。

「風邪ひかないといいけど」

学校につくまで加瀬くんと私の手は、ずっととなり同士でふれたままだった。

第十章

「さっきの返事、今じゃなくていいから。突然でびっくりしただろ？　アヤカと話してたら、気持ちがおさえられなくなって、どうしても今伝えたくなって」

「……」

「いきなりつきあってくれなくても、いいんだ。ゆっくり考えてから、返事してくれれば」

「あ、あの……」

「帰ろうか」

つないだ手をそっとはなすと、彼はくるりと向きを変えて歩き出した。

さっき私は、さしだされた彼の右手をにぎった。それで私の気持ちは伝わったものだと思っていた。でもそれは、私の思いこみのようだ。

彼はまったく気づいていない。私がこんなにも彼を好きなことも、つないだ手がはなされたことにさびしさを感じていることも……。

◇◇◇◇◇◇◇◇◇◇◇◇◇◇◇◇◇◇◇◇◇◇◇◇◇◇◇◇◇◇◇◇◇◇◇

言葉だけでは、伝わらないこともある。でも、言葉にしなければ伝わらないこともある。

私の気持ち、もっとしっかりと彼に伝えたい……。

「今、返事してもいい？」

「アヤカ……」

「私、今すぐ伝えたい」

◇◇◇◇◇◇◇◇◇◇◇◇◇◇◇◇◇◇◇◇◇◇◇◇◇◇◇◇◇◇◇◇◇◇◇

私の中で、アヤカの心の声が響いている。

《言葉だけでは、伝わらないこともある。でも、言葉にしなければ伝わらないこともある》

今朝バス停で、いつも乗るバスを見送って加瀬くんがくるのを待っていたこと。私なりに、気持ちをアピールしたつもりだった。

でもこんなことくらいでは、加瀬くんは気づいていないのかもしれない。

ねえ、加瀬くん。今日のこと、どう思った？　少しは私の気持ちに、気づいてくれた？

「っ……クシュン」

くしゃみが出て、ぶるっと身ぶるいをする。

やば、風邪ひいちゃったかも。そういえば、少しだけ熱っぽいような気がする……。

その日、私は、いつもより早めにベッドに入った。


次の日の朝。微熱があったけれど、私はいつも通りに学校へいった。

さつきと休み時間に話していると、またくしゃみが出る。

「梨奈、風邪ひいたの？」

「ううん、大丈夫だよ。ちょっとくしゃみが出ただけ」

視線を感じて顔を向けると、私がくしゃみをしたのに気づいた加瀬くんが、心配そうにチラチラとこちらを見ている。なんでもない、というように私は軽く首をふった。


そして体育の時間になった。

朝よりも症状が悪化しているようだ。寒気がして、体が少しフワフワする。

見学にしようかなとも思ったけれど大会も近いので、そのままバレーボールの練習に参加した。

……もう少しで授業も終わるし、お昼休みに保健室にいってこよう。

ぼーっとしていた私の顔の横を、ボールがシュッと通りすぎる。

び、びっくりした……ひゃっ。

おどろいてうしろに下がった拍子に、私はバランスをくずしてよろけてしまった。

「広崎、あたっちゃった？」

「梨奈、大丈夫？」

すぐに岡田くんとさつきが、かけよってくる。

ボールは、加瀬くんのアタックしたボールをレシーブしようとした岡田くんが、コートの外に飛ばしてしまったものらしかった。

申し訳なさそうにして岡田くんが私の顔をのぞきこもうとした瞬間、いつのまにかとなりに立っていた加瀬くんが、横からスッと手をのばしてそれをさえぎる。

加瀬くんは、顔にかかっていた私の髪を、そっと指ですくいあげた。

う、わ……。

ほおに指先がふれてドクン、と心臓がはねあがる。

「このへん、赤くなってる。すったんじゃないの」

「ごめんな、広崎。ひやしたほうがいいよな。すぐ保健室に……」

「いいよ。俺がつれていく」

私を保健室につれていこうとした岡田くんを、加瀬くんが制した。

「え、でも、俺がレシーブをミスったボールのせいだし……」

「いや、俺がアタックしたボールだから」

「は？」

少し無理のある理由に、岡田くんが不審そうな顔をすると、加瀬くんは岡田くんから目をそらして視線をさまよわせる。

「いや、その、あっ、俺、つき指したかも。ちょっと痛い気がする……」

「え、大丈夫かよ」

「あーうん。そんな、たいしたことないと思うけど、俺も保健室にいくからついでに広崎のことつれていくから」

「ああ。じゃあ加瀬、たのむな」

それならわかるという感じで、岡田くんは練習にもどっていった。

「広崎、大丈夫？」

「だ、大丈夫。そんなに痛くないから」

「ボールあたったからだけじゃなくて……」

加瀬くんが、じっと私の目をのぞきこんで心配そうな顔で言う。

「顔赤いよ。体調悪いんだろ。がまんしなくていいのに」

「うん……」

顔赤いのは、加瀬くんのせいだと思う。

「ボールですったところは平気だけど、少し熱っぽいから保健室で休んでくる。さつき、先生に伝えておいて」

「了解。加瀬くんのつき指のことも一緒に伝えておくね」

「あ、ああ、サンキュ」

「加瀬くん、梨奈のことよろしくね。梨奈、今日ふらふらしてるから、たおれそうになったら支えてあげてねっ」

「ちょっ、さつきなに言ってっ」

「りーなー」

さつきが、そっと私に耳打ちしてくる。

「せっかく体調悪いんだからさ。『なんかふらふらするー』とか言って、加瀬くんに抱き(だ)ついちゃえば?」

「せ、せっかくって私、本当にっ……」

「まあまあ、こまかいことは気にせずに」

さつきは、ひらひらと手をふってみんなのところにもどっていった。

「広崎(ひろさき)、そんなに体調悪かったんだ」

「え、あの、ちがうの……」

「歩ける?」

「……」

さつきの言葉をきいて、加瀬くんはさっきよりも私を病人あつかいした。

「失礼します」

カラカラと扉(とびら)を横に動かして、加瀬くんが保健室のドアを開けた。

保健師の先生は不在のようで部屋の中は、しん、としている。

休んでいる人もいなく、ベッドの間をしきるカーテンも開け放たれていた。

「先生、いないみたいだな」

「うん」

「ベッドで寝て待ってれば？　保健室の鍵は開いてたんだから、先生もすぐもどってくると思うし」

「うん、そうする……」

なんだか、本当にさっきよりもふらふらしてきた。熱が上がってきたのかもしれない。

少し休ませてもらおうと、私ははしっこのベッドに向かって歩いていった。

加瀬くんが、シャッとカーテンを閉めてくれる音をうしろにききながら、上靴をぬいでパリッとして清潔な白いカバーがかけられたマットレスによじのぼる。

もぞもぞと動いて、体の向きを変えて横になろうとすると、かけ布団を手にした加瀬くんの姿が目に飛びこんできた。

「……っ、加瀬くんっ」

おどろいて声をあげる。

カーテンの向こう側にいると思っていた加瀬くんは、ベッドのすぐ脇に立って、かけ布団を私にかけてくれようと待ちかまえていた。

カーテンでしきられたこの空間に、加瀬くんとふたりきり。ふつうの人でもドキドキするであろう、この状況。

……私の場合、心臓止まるかも。

「広崎、早く」

加瀬くんは私に、早く横になるようにうながしてくる。

うう、はずかしすぎる。

この胸の苦しさとか、どんどんひどくなる顔のほてりとか、もう、風邪のせいなのか加瀬くんのせいなのかわからない。

まっ赤になりながら、ひざを少しまげてころんと横向きに寝ころがると、加瀬くんがそっと布団をかけてくれた。

「ごめんな、俺のせいで。風邪ひかせちゃって」

加瀬くんのせいじゃないの。私が、勝手に……。

言いたいのにフリーズして言葉にならず、ふるふると首をふって意思表示する。

「熱があって、ボーッとしてたんだろ」

加瀬くんの指がスッとのびてきて、私の顔のボールがあたった箇所にふれた。

「っ……」

とっさにうつむくと、加瀬くんはピクッとして急いで手を引っこめる。

「ご、ごめん、痛かった？」

「……」

「先生、さがしてくる。眠かったら、寝てていいから」

加瀬くんがカーテンの外へ出ていくと、緊張がとけて、それと同時に自然にまぶたが閉じていく。

加瀬くんに、言わなきゃ。風邪ひいたのは、加瀬くんのせいじゃないって……。

遠のく意識の中で、ぼんやりと考える。

やさしいな、加瀬くん、お布団、かけてくれて、体調悪いのにも気づいてくれて。

あ、そう言えばさっき、つき指したって言ってたよね。

大丈夫かな、加瀬くん、加瀬……くん……。

深い眠りに落ちていく私の耳に、わずかに加瀬くんの声がきこえた気がする。

「……大丈夫、もう痛くないよ」

……ああ、よかった。たいしたことなかったんだ。

「広崎……」

ほんの一瞬。おでこになにかがふれた感触がする。

それは、とてもあたたかくてやわらかくて、大切な物にふれるように、やさしくやさしくふれて。そしてゆっくりとはなれていった。

今のは……夢？　深い眠りの中、目を閉じたまま無意識にそっと手でおでこにふれてみる。

私の指先に、ほんのわずかにのこされた自分のものではない熱が伝わってきた気がした。


ゆっくりと目を開けると、見なれない天井が視界に入ってくる。

そっか。私、保健室のベッドで、いつのまにか寝ちゃったんだ。

あっ、加瀬くんは？　たしか先生をさがしてくるって言って、そのまま……。

私は体を起こして座り、かけ布団をぎゅっと引きよせた。

夢、だったのかな。加瀬くんと話してたような気がする。

すごく、すごく近くにいるのに、私はフリーズしないで加瀬くんに話しかけていた。

つき指を心配する私に、加瀬くんが『大丈夫、もう痛くないよ』って言って。それから……。

そのあとが、どうしても思い出せない。

ガタッ、と引き出しを閉めるような音がきこえる。

ベッドからおりてカーテンを少し開けて顔をのぞかせると、私に気づいた保健師の先生が、「あ、ちょっとベッドに座ってて」と言って、体温計をもってカーテンの中に入ってきた。

「一度、熱を測ってみてくれる」

「はい」

体温計を受けとり検温する。先生は丸いすに座って、私の様子をうかがうように、じっと見て言った。

「熱は、ありそうね。気分はどう？」

「寝たら、少しよくなりました。すみません、勝手にベッド使っちゃって」

「ううん。私こそ、席はずしててごめんね。ちょっと職員室に用事があったから」

「あの、先生」

私は少しモジモジしながら、先生に気になっていることをたずねてみた。

「あの、加瀬（かせ）くんは大丈夫でしたか？」

「え？」

「加瀬くん、体育の授業中にバレーボールをやっていて、つき指しちゃったかもしれなくて」

「……」

「あの、先生……」

「もー、まいっちゃうな。私のほうが、照れちゃうわ」

見ると、保健師の先生は照れたように顔を赤くしている。

え……なにか私、変だった？

ポカンとした私を見て、先生はクスクス笑うと質問に答えてくれた。

「加瀬くんなら、大丈夫よ。つき指もしてないし、もう痛（いた）みもないみたい」

「そうですか」

ホッとした私に、先生はニヤニヤしながら声をひそめる。

「ね、広崎（ひろさき）さん。きいてもいい？」

「はい」

「加瀬くんは、広崎さんの……彼氏？」

「！」

「つきあってるんでしょ？」

「ち、ち、ちがいますっ、そんな、彼氏なんて、とんでもない」

「え、ちがうの？」

「せ、先生、なんでそんなこと……」

「ん？　だってね、さっき加瀬くんが、私のことを呼びにきてくれたでしょ。そのとき加瀬くん、広崎さんのこと、すっごく心配してたから」

「加瀬くん、が……」

「おまけに顔にボールがすったようにあたったことも、昨日雨の中、長く外にいて体がひえてしまったことも、朝から、少しくしゃみが出ることも、全部私に話してくれて。こんなに広崎さんのこと知ってるんだから、彼氏なんだと思ったんだけど、ちがうの？」

「ちがいます……」

そうだったら、うれしいけど。

「ふーん。でも、広崎さんは好きなんでしょ？　加瀬くんのこと」

「え、えっと……」

「寝言で名前呼んでたわよ。『加瀬くん、加瀬くん……』て」

「う、うそっ、あ、あの、それっ、加瀬くんのいるときですか？　加瀬くんも、それきいて……」

「加瀬くんに先に保健室にもどってもらったから、私がいないときのことはわからないな。私が広崎さんの寝言をきいたのは、加瀬くんが教室にもどってからだから」

「……」

「加瀬くん、話をしてる途中で広崎さんが眠ってしまった、とは言ってたけどね。寝言をきいたかどうかは……」

バク、バクと胸の音が大きく響いている。

どうしよう。加瀬くんにきかれちゃったかな。

加瀬くんの名前を呼んだことは、記憶にのこっている。実際に加瀬くんと話をしたつもりだったけれど、途中からは夢をみてたのかな。

熱のせいか、まだぼんやりとしている頭の中にある記憶を、懸命にたどってみる。

変なこと、言ってないよね？

たしか加瀬くんがつき指していないか気になって、加瀬くんに大丈夫かとたずねたら、大丈夫と答えてくれて、それから……。

そのあとのことが、どうしても思い出せない。でも、まだなにか、続きがあったような気がする。しかも、とても大切な……。

何度考えてみても、その記憶だけがすっぽりとぬけてしまって思い出せなかった。でも、ひとつだけ覚えていることがある。――夢の中で私は、いつもよりもずっと、ドキドキしていた。

「37．8度か……」

家のベッドで電子体温計に表示された数字を見て、私はため息をついた。明日はきっと、学校を休まなくてはいけないだろう。

明日、加瀬くんと会えないのはさびしい反面、少しホッとした気持ちもある。だって、もしも加瀬くんに寝言で名前を呼んだのをきかれてたとしたら、はずかしくて、顔見られない。

でも、もしもきかれてたとして、寝言でなにを言っていたか気になるし、確かめたい、という気持ちもある。直接会ったときにきくより、メールや電話でのほうが、ききやすいかもしれない。フリーズする心配もないし……。

どちらにしても、明日学校をお休みすることを加瀬くんに伝えなければいけないと思い、私は枕元に置いてあったスマホに手をのばした。

『今日は、保健室につきそってくれてありがとう。指、大丈夫だった？　まだ熱があるので、明日はお休みします』

送信ボタンを押して加瀬くんにメールを送ると、すぐに返事が返ってくる。

『連絡ありがとう。まだ熱高いの？　無理しないでゆっくり休んで。俺のことは気にしなくていいよ。あれ、じつはただの口実だから』

……口実？　なんの？

『口実』の意味することが理解しきれなかったけれど、とにかく返事を出す。

『熱はあるけど元気だから心配しないで。退屈してたくらいだから』

少し間があって、また加瀬くんからメールが届いた。

『自分の部屋に移動した。今から電話してもいい？』

えっ？　一気に胸の音が大きくなり、血流が速くなる。

——今、私絶対に熱が上がった。どうしよう……。

文字ではなく直接話すかと思うと、一気に緊張が高まっていく。

でもことわる理由ないし、それにあのこと、きいてみたいし……。

スウ、と大きく深呼吸してから、私は思いきって加瀬くんに返事をした。


『うん、待ってるね』

顔が見えるわけでもないのに、意味もなく鏡を見て前髪を直したりしていると、スマホの着信音が鳴った。液晶画面に「加瀬くん」と表示されて、もうそれだけでドキドキしてしまう。

ひきよせた布団を、きゅっ、とにぎりしめながら加瀬くんの電話に出る。

『も、もしもし』

『あ、俺』

『う、うん。あの、昼間はごめんね。加瀬くんが先生を呼びにいってくれている間に私、寝ちゃったみたいで』

『なんで謝るの？　俺が寝てていいよ、って言ったんだから』

『うん……』

はずかしさをがまんして、加瀬くんに気になっていることをきいてみた。

『あ、あのね、その……私、なにか言ってなかった？』

『え？』

『あの……保健師の先生から私が寝言を言ってたってきいて。加瀬くんがいるときにも、なにか言ってなかったかなって気になって……』

『どんな夢見てたの？』

『え？』

『広崎、俺の名前呼んでた』

『！』

やっぱりきかれてたんだ……はずかしい……。

『他には？　私、変なこと言ってなかった？』

『広崎はどこまで覚えてるの？　俺と話したことは覚えてる？』

『わ、私あのときぼんやりしてて……どこまでが現実か夢か、はっきりわからないの。加瀬くんに、つき指したところは大丈夫だった？　ってきいたら、大丈夫だよって答えてくれて。それから……』

『つき指の話は夢じゃないよ。俺、今日広崎とその会話してる。たぶん、その会話のあとじゃないかな。広崎が眠っちゃったのは』

『ごめんなさい。話しながら寝ちゃうなんて……』

『その後のことはなにか覚えてる？』

『ううん。その後にまだなにか話してたような気はするんだけど、はっきりとは……』

『そっか……』

『気になる。私、他にもなにか言ってた？』

『まあ、うん……なにもおかしなことは言ってないよ。でも秘密にしとく』

『え……加瀬くん、教えてくれないの？』

『うん。広崎が思い出したら教えて』

『……』

『電話したのはさ、俺がつき指したんじゃないか、って気にしてただろ。だから本当のこと、言っておこうと思って』

『本当のこと?』

『ごめん……俺、本当はつき指なんてしてないんだ。保健室につきそうための、口実』

『え……』

『だって、俺のこと待ってて風邪ひいちゃったから、気になって』

『そんな、加瀬くんのせいじゃ……』

『それに、さ……岡田が広崎を、保健室につれていきそうだっただろ。だから俺……』

一瞬、言いよどんで、加瀬くんがコホンと咳ばらいをする。

『あー、とにかく、ボールに指ついて少し痛みがあったくらいだったけど、わざと大げさに言ったんだ。……ごめん、心配させて』

『う、ううん』

『それじゃ、ゆっくり休んで。おやすみ』

『おやすみなさい』

加瀬くんとの電話を終えた私は、スマホを置いてほてったほおを両手で押さえた。

――まだ、ドキドキしている。加瀬くんとの電話を終えてからも、トクトクと速くなっている胸の鼓動も、ほてった顔も、なかなか元にもどってくれない。

続きが思い出せなかったのは、加瀬くんと話しているうちに寝てしまっていたからなんだ。つまり夢と現実との境目で加瀬くんと言葉をかわして、夢の中に入りこんだあとのことを覚えていなかった、ということになる。

でも加瀬くん、どうして教えてくれないんだろう。私が寝言で言ったことって秘密にするようなことなのかな。

……っ、もしかして。

ある考えが頭にうかび、はっとして両手を口にあてる。

もしかして、まさか、とは思うけど……、私言ってないよね？　寝言で、よりによって本人の目の前で。「好き」だなんて……。

一度頭にうかんだ考えは、なかなか頭からはなれてくれない。

保健師の先生も、私が寝言で加瀬くんの名前を呼んでるのをきいたって言っていたから、加瀬くんに関することを口にしたってことはまちがいないと思う。

名前を呼んだだけかも。でも、なんでもないことなら加瀬くんが秘密にする必要がないよね。

やっぱり、「好き」って言っちゃったのかな。

どうしよう、どうしよう。これから加瀬くんと、どんな顔して会えばいいのかわからない。

「あーもう、頭痛い……」

思わずさけんだ言葉がきこえたらしく、コンコンとあわただしくノックする音と同時に、ガチャリとドアが開けられる。

「梨奈、頭痛いの？　頭、ひやす？」

「あ、うん。ありがとう、お母さん」

部屋を出ようとして、母親がふりかえって言った。

「梨奈、なんかさっきより顔赤くない？　熱が上がったんじゃないの？」

「そ、そう？」

「スマホさわってないで、ちゃんと布団に入って寝てなさいよ」

「はーい」

パタンとドアが閉まる音がしてから、私は鏡に自分の顔をうつしてみた。

熱のせいか、それとも加瀬くんとの電話のせいか、鏡にうつった私のほおはピンク色に染まっていた。

第十一章

週明けの月曜日。

私は、今まで以上に緊張してドキドキしていた。

病院で検査してもらったインフルエンザの検査は陰性だったため、学校を休んだのは一日だけだったが、サッカー部の朝練があったり土日をはさんだりして、今朝はあれから初めて加瀬くんと、ふたりだけで話すことになる。


保健室での記憶は今もあいまいなままだったが、寝言で加瀬くんに「好き」と言ってしまったのでは、という考えが頭からはなれず、どんな顔をして会えばいいのかわからない。

なにより——、加瀬くんの反応がこわい。さけたり、ぎこちなくなったり……、とにかくもう、今までのような関係でいられないかもしれない。

加瀬くんにさけられたり距離を置かれたりすることが、私はこわかった。

駅について、ドキドキしながらバス停まで歩いていると、うしろから、もうすっかりききなれた自転車のベルを鳴らす音がきこえてくる。

「おはよ、広崎」

「……おはよう」

挨拶をかわすときにふわりとほほえまれ、私はホッと胸をなでおろした。

……よかった。とりあえず、さけられてはないみたい。

様子をうかがうようにチラッと加瀬くんのほうを見ると、うしろを歩く私を気にしてふりかえる加瀬くんと、バチッと目が合った。おたがいに、ぱぱっと目をそらす。

「……」

「……」

い、今の、すっごく不自然だったよね？　私だけじゃなくて、加瀬くんも……。

さけられてはいないけれど、加瀬くんの態度は、どこかいつもとちがう。

「あー、ひさしぶりだな。一緒にいくの」

「う、うん」

会話も、ぎこちない。しばらく沈黙が続いたあと、加瀬くんは立ち止まって、ためらいがちに口を開いた。

「あのさ、この間の保健室の話なんだけど……」

「うん……」

「もしかして広崎、あのあとのこと、思い出したの？」

「あ、えっと……」

「なんかさ、今日、いつもとちがうから」

それって……、思い出したらいつもとちがっちゃうようなことだったってことだよね。

……やっぱり私、加瀬くんの前で「好き」って言っちゃったんだ。

かあっと赤くなってうつむいた私を見て、加瀬くんは、ポリ、と鼻の頭をかいた。

「そっか、思い出したんだ」

「うん、はっきりとじゃないけど、たぶんそうかな、って……」

チラッと加瀬くんを見ると、少し困ったような顔をしている。

あんなこと言われても、困るよね。しかも寝言だから、返事してことわることもできないし……。

このままだと、気まずくなっちゃう。そんなの、イヤ……。

大切な朝の時間を失いたくなくて、私はあわてて声をあげた。

「あのっ、私あのとき、熱もあって頭がボーっとしてて、自分が言ったことも、うろ覚えで。ゆ、夢なのか現実なのか、わからないくらいで……」

「うん?」

「だから、あの……、この前のことは気にしないで」

「え……」

「私も初めは忘れてたくらいだし、だから加瀬くんも、この前のことは忘れて。なかったことにしてくれていいから……」

うつむいて一気に言ってしまったが、なにも言葉を返してこない加瀬くんが気になって、私はゆっくりと顔を上げる。

視界に入ってきたのは、すねたような表情をうかべた加瀬くんだった。

「広崎は忘れたいの? この前のこと」

いつもより強いまなざしで見つめられ、ドキリとする。

「あ、あの……」

「いいよ。広崎がなかったことにしたいなら、それで」

「加瀬、くん……」

加瀬くんは目をそらさずに、まっすぐに私を見つめて言った。

「だけど、俺は忘れないよ。なかったことになんて、できない」

加瀬くん、どうしてそんなこと言うの？

それにまるで、怒ってるみたいな言い方……。

「好き」と言ってしまったことを忘れて、と言ったことが、どうして加瀬くんを不機嫌にしてしまったのかわからない。

よけいなこと、言わなければよかった。きらわれちゃった、かな……。

じわりと涙をうかべた私に気づいて、加瀬くんはおどろいたように目を見開く。

「え……広崎、泣いてる？」

「……っ、ちがうの……」

「ごめん。俺なんか、強い言い方して……」

「ううん、私のほうこそごめんなさい。加瀬くんを困らせるようなこと言っておいて、忘れて、なんて……」

「え、広崎、ちょっと待って……」

「本当に、ごめんなさい」

うつむいた私の頭上に、加瀬くんのやわらかい声がおりてくる。

「広崎、こっち向いて」

おそるおそる顔を上げると、予想していたのとはちがう、照れたような加瀬くんの瞳とぶつかった。

「なんか俺ら、話がかみあってないみたいだな」

「……え？」

「また、すれちがうところだった」

「え、あの……」

「広崎って、結構おっちょこちょいなんだな」

「……」

「くっ、ごめ……」

なんで私、笑われてるの？　だって加瀬くん、さっきまで怒ってたみたいだったのに……。

「広崎、今の状況、全然わからない？」

「う、うん」

「それじゃあさ、今日の帰り、一緒に帰ろうか」

「帰り、一緒に……」

帰りに加瀬くんとふたりきりで話すことを考えただけで、ドキドキが高まっていく。

「うん。今日は先生たちの都合で、どの部活も休みだろ？　そうだ、前にカップケーキを食べた公園。あそこで待ち合わせしよう。いい？」

フリーズした私は、コクンとうなずいて返事をした。

「じゃあ、帰りにまた話そうな。……あ」

自転車にまたがった加瀬くんが、少しイタズラな顔をして人さし指を口にあてる。

「これ、俺と広崎の秘密、な」

「っ……」

私を息苦しいくらいドキドキさせたまま、加瀬くんは自転車をこいでいってしまった。

第十二章

「梨奈ちゃん」

お昼休みに、同じクッキングクラブの桃子ちゃんが、プリントを片手にもって教室に入ってきた。

「これ今度のメニューとレシピ。この前お休みしてたから、私があずかってたの」

「桃子ちゃん。わざわざありがとう」

私がプリントを受けとると、さつきが「わあ」と声をあげる。

「ピザ作るの？　すごーい」

「梨奈ちゃん、当日はお昼休みに家庭科室集合ね。生地の材料をまぜて、こねたりするところまでやっておくから」

「うん、わかった。生地を寝かせなきゃ、だもんね」

「へえ、ピザなんて作れるんだ」

「生地から作るなんて、本格的だな」

そばにいた長谷部くんと加瀬くんも、会話に入ってきた。

さりげなくちらりと加瀬くんの様子をうかがうけれど、ふだんと変わらないように見える。私は加瀬くんが帰りにどんな話をするのか、気になって仕方ないのに……。

「あのさ、あれやるの？　ほら、ピザの生地を上に高く投げてのばすやつ」

長谷部くんが手を上にあげて、まねをしてみせる。

「ううん。もっと小さいサイズのピザを何枚か作るから、めん棒でのばすだけ」

桃子ちゃんが答えると、突然三浦くんが、ひょい、と顔を出してきた。

「僕、ピザ大好き。食べたいな、それ」

「あれ？　なんで三浦、うちのクラスにいるの？」

「数学の教科書忘れちゃったから、加瀬ちゃんに貸してもらおうと思って」

「しょうがないな。待ってろよ」

加瀬くんは、一度自分の席にもどって教科書をとってくる。

「サンキュー。助かった」

三浦くんは、にこにことしてお礼を言うと、クルッと桃子ちゃんのほうに向き直った。

「で？　ピザ作るのはいつ？　僕、家庭科室に桃子ちゃんをたずねていけばいい？」

「あ、ごめーん。三浦くんの分までないかな。ヒロくんにあげちゃうから」

「……」

桃子ちゃんにピザをもらえないことがわかった三浦くんは、すばやくターゲットを私にうつす。

「梨奈ちゃん、僕、ピザ食べたいな……」

三浦くんは、またあの子犬のような瞳で訴えかけてきた。

「う……」

三浦くんのこのウルウル目で言われると、ほんと弱い。でも……。私は加瀬くんをチラリと見た。カップケーキをあげたとき、加瀬くんは言ってくれた。

『広崎が作ったの、また食べたい』

だから、ピザをあげると約束したわけではないけれど、今度もち帰りできるような物を作ったら、また加瀬くんにあげたいな、とひそかに思っていたのだ。

「梨奈ちゃん、いい？」

三浦くんの無敵のウルウル目にまけずに、私は言った。

「ごめんね、三浦くん。私もあげられない」

「え、梨奈ちゃんまで、僕にくれないの？　他の男にあげちゃうんだ……」

「別に男子にあげるとはかぎらないの。梨奈は私にくれるんだよねー」

「う、うん……」

「なんだ、そっかあ。それじゃ翔子先輩か、知香ちゃんにもらおうっと」

三浦くん、他にもピザをもらうターゲットがいるんだ。しかもひとりじゃないし……。

けろっとした顔で話す三浦くんを、長谷部くんが尊敬のまなざしで見つめる。

「三浦、おまえってすごいな」

「ん？　なんのこと？」

三浦くんはなにごともなかったように、にこにことほほえんでいた。


夕方になって少し暑さがやわらいできたが、日なたにあるベンチにはまだ昼間の熱がのこっている。日陰のベンチに座って日ざしをさけた私は、ドキドキと高なる胸にそっと手をあてた。

今朝加瀬くんは、怒ったような顔をしていたのに、突然照れた顔をしたと思ったら、私のことをおっちょこちょいだと言って、笑った。

なにがなんだか、さっぱりわからない。それに、加瀬くんが言ったあの言葉。

『また、すれちがうところだった』

話がかみあってないというのは、おそらく私が忘れている記憶の話。あの日、あのあといったいなにがあったのだろう。ぬけていた夢の一部分は、加瀬くんと私をすれちがわせてしまうほど、大きな意味をもっているのだろうか。

険悪なムードでの約束ではなかったので、そんなにこわがる必要はないのだろうけど、今日で加瀬くんと私のなにかが変わってしまいそうで、私は落ち着くことができなかった。


ジャリ、と砂をふむような音がきこえて顔を向けると、とっくに私を見つけた加瀬くんが自転車をひいてベンチに近づいてきた。

ベンチのわきに自転車をとめた加瀬くんが、私のとなりに少し間をあけて座る。

「早いね、広崎。だいぶ待ってた？」

「う、ううん」

「なら、よかった。あーなんかここにくると、カップケーキを食べたこと思い出すな」

そう言って加瀬くんは、私のほうに顔を向ける。

「そうだ、ちゃんとお礼言ってなかったよな。この前はありがとう。メチャメチャおいしかった」

う、わ……。

加瀬くんのやさしい言葉に、キュン、と胸の奥がうずく。

カップケーキをあげたことを喜んでくれたのがうれしくて、まいあがった私は、無意識に大胆とも思えるセリフを口にしていた。

「あ、あの……加瀬くんは、ピザ好き？」

「え？」

唐突な私の質問に、加瀬くんはけげんそうな顔で私を見た。座っているので、いつもより目線の高さが近くて、ドキリとしてしまう。

「あ……あの、ね……」

私は膝の上に置いたカバンに目線をうつして、なるべく動揺をさとられないように話した。

「お昼休みにみんなで話してたでしょ？　あのときは言えなかったけど、本当は加瀬くんに食べてもらいたくて……」

「えっ、俺？」

おどろいたように声を上げる加瀬くんに、私はショックを受ける。

『広崎が作ったの、また食べたい』

そう言ってくれたのは、カップケーキをもらったことへのお礼の気持ちを「おいしかった」という言葉でおくるのと同じように、かけてくれた言葉だったのかもしれない。

それなのに私は、その言葉を真に受けてしまって……はずかしい。

私はあわてて、首を横にぶんぶんとふった。

「あ、いいの。ごめんなさい。押しつけるようなこと言って……」

「え？　あ、ちがうよ、広崎」

加瀬くんは、あわてて発言をとりけそうとする私に、やさしく声をかける。

「嫌なんじゃなくて、その……少しおどろいただけで……」

「……ほんとに？」

「うん。けど、森島にあげるって言ってたのに、いいの？」

「あ、さつきにもあげるけど、加瀬くんにもなにか作ったらまた食べてもらいたいなって思ってたから……」

「さっき三浦にあげるのをことわったのは、俺にくれようと思ってたから？」

「うん……」

小さく答えると、加瀬くんの耳がほんのりと赤く染まる。

「楽しみだな」

「っ……」

照れたような加瀬くんの言葉に私も照れてしまい、ぼぼぼ、と赤くなった。


不思議。クラス発表の日には、加瀬くんに話しかけられてフリーズしてしまい、返事をすることもうなずくこともできなくて、カチカチに固まってしまっていたのに。

今は、こんなふうに待ち合わせて同じベンチに座って、私からも話しかけている。一緒に、笑いあっている。

——もちろん、今だってドキドキしている。息苦しいくらい、胸がきゅうっと締めつけられたり、フリーズして声が出なくなることもある。けれども、たまにおとずれる沈黙も、前ほど気まずさは感じない。

それはきっと、加瀬くんのおかげだ。

私がフリーズしてしまい言葉を返せなくなってしまうと、加瀬くんは一瞬、あれ？という顔をする。

でも言葉にしなくても、加瀬くんには私の気持ちが伝わっていて、「広崎は、こういうふうに思ってるんだろ？」みたいに確認される。

私はコクンとうなずき、とても安心した気持ちでいっぱいになる。

大丈夫だよ。俺にはちゃんと伝わってるよ。そんなふうに、加瀬くんに言ってもらってるみたいで……。

でもときどき、たまにだけれど、加瀬くんが全然見当ちがいの解釈をしていることがある。

そんなとき私は、あわてて加瀬くんの解釈を訂正する。なぜかそういうときは、意識が加瀬くんの言葉に集中しているせいか、フリーズしていたはずなのに、自然に声を発することができるのだ。

不思議。加瀬くんといると、フリーズしていてカチカチにかたまっていた私が、いつのまにかとかされている。

それはたぶん、加瀬くんの陽だまりのようなあたたかさと、加瀬くんを好きだという私の心の熱が、フリーズした私をとかしているのかもしれない。

「あ、あのっ、ピザなんて作ったことないから上手にできるかわからないけど、がんばるからっ……」

やたらにはりきって言うと、加瀬くんが、くすっと笑った。

「広崎、料理するの好きなんだね。いつも楽しそうにしてる」

「え？　いつもって……」

「あ……」

ポリ、と鼻の頭をかいて、加瀬くんは照れた表情をうかべて言った。

「……あのさ、グラウンドから家庭科室の中って結構見えるんだ」

「うん？」

「一年のころ、偶然(ぐうぜん)見つけて……。それからよく部活のとき、広崎のこと見てた」

「わ、私を？」

「赤いエプロン、してるだろ？　だからいつも、すぐに広崎のこと見つけられた」

「っ……」

息苦しいくらいに、ドキドキしている。加瀬くんはきっと深い意味なんてなくて、赤いエプロンは目立つっていうことを言いたかっただけかもしれない。――でも、そんなふうに言われたら、私をさがしてくれていたのかと期待しちゃう。

ぽつりと、加瀬くんが話し始める。

「保健室の日の話だけど、広崎はあのあとのこと、なにか思い出したんだよね」

「はっきりと思い出したわけじゃないの。ただ、もしかしてって思うことがあって……」

「それは、広崎のこと？」

「え」

「広崎が見た夢の内容とか、寝言で言った言葉とかだけ？」

「うん」

「俺のことは、なにも思い出してないの？　俺が言った言葉とか……記憶にない？」

加瀬くんの、言葉？

「夢なのか現実なのか、わからないけど、加瀬くんに名前を呼ばれたような気がする」

「うん」

「夢に加瀬くんが出てきて、それから……」

私はそっと目を閉じて、あの日のことを思いうかべてみる。

確かあのとき、いつもよりドキドキしていて、それで……。

『今のは……夢？』

あのときなにかがふれた気がして、私はおでこにそっと手をあてた。

「他には思い出せない？」

うつむいて目を閉じたままの私に、加瀬くんのやさしい声が響いてくる。

保健室にいたあの日と重なる状況に、ずっと思い出せなかった記憶がゆっくりとよみがえってきた。


保健室のベッドに横たわりながら、もう少しで眠りに落ちる寸前。

保健師の先生をさがしにいってもどってきた加瀬くんが、カーテンの外から私に声をかけてくる。

「広崎」

「加瀬くん？」

名前を呼ぶと「入るよ」とことわって、加瀬くんがカーテンのすきまから中に入ってきた。

ベッドの脇に置いてあった丸いすを私のそばへ動かして、そこに座る。

「先生、あと少ししたらもどってくるって」

「……ね、加瀬くん」

「なに？」

「大丈夫だった？　つき指しちゃったの、まだ痛い？」

「あー、うん……大丈夫、もう痛くないよ」

「そっか……よかった……」

安心した私に、ふたたび睡魔がおそってくる。会話がとぎれた瞬間、私はスウッと引きこまれるように、眠りに落ちていった。

「広崎」

「……」

「広崎？」

「……」

遠くで私を呼ぶ加瀬くんの声がきこえるが、もうすっかり重くなったまぶたを上げることができない。ガタッ、といすをうしろにひくような音がきこえる。

加瀬くん、いっちゃったのかな。あ、保健室につきそってもらったお礼、言わなかった。

ぼんやりとした意識の中で、考える。

「……加瀬くん……」

やさしいな、加瀬くん。私の体調が悪いのに気づいて、心配してくれて。

どんどん遠のいていく意識の中で、心配そうに私の様子をうかがう加瀬くんの顔がうかびあがる。

「加瀬、くん……」

私はまた、加瀬くんの名前を口にしていた。無意識に、心の声がもれる。

「……き」

「え」

「好き……」

「広崎、今……」

きゅっ、と上靴(うわぐつ)が床(ゆか)をこする音がして、加瀬くんがベッドに近づく気配がする。加瀬くんは、布団の上にのせられていた私の手にそっとふれた。

「熱い……」

加瀬くんの手はすぐに私の手をはなれて、そのまま頭のほうへのびていく。私の前髪がかきわけられ、おでこに加瀬くんの手があてられた。

「熱、あるな」

その手の長い指がスルスルと下に降りてきて、今度は私の髪をなでる。やさしく、やさしくなでられて、私はうっとりとした気持ちになった。

……これ、夢だよね。でもなんか、ものすごくドキドキする……。

だって、好きな人にこんなにやさしくふれられたら、ドキドキするにきまってる。

「……加瀬くん……好き……」

「広崎……」

私を呼ぶ加瀬くんの声が、熱っぽく変わる。

ぎし、とベッドをきしませて、加瀬くんは枕の横に片手をついた。髪をなでていたもう片方の手が、ふたたび前髪にふれる。

身をかがめておでこに唇をよせると、加瀬くんはかすれた声でひとり言のように小さくつぶやいた。

「……俺も」

第十三章

～加瀬功太side～


一年のころ、一度だけ広崎ととなりの席になったことがあった。

どちらかというと、おとなしい。

広崎の第一印象はそんな感じだったが、となりの席になってみて、俺の認識はまちがっていたことに気づく。

話しかけても、コクンとうなずくかあいづちを返すくらい。すぐに顔を赤くしてうつむいてしまう。

かなり、おとなしい子なんだな。それにもしかして、男と話すのが苦手なのかも。

俺の前では固まったまま、ほとんど声を発したことがない広崎だけど、女友だちとはふつうに話している気がする。

だから広崎は、おとなしくて男と話すのが苦手な子なのだと思っていた。

授業の中で、前後四人でグループを作って発表することがある。

その日俺と広崎は、前の席に座っていた三浦とそのとなりの森島とグループをくんでいた。

班の代表にきまった三浦が、その場をしきっていく。

「ねーねー、梨奈ちゃんはどう思う？」

「えっと、私はＢの意見に賛成かな」

「わー、僕と同じ。さつきちゃんもＢって言ってたよね？　加瀬ちゃんは？」

「俺もＢ」

「それじゃあＢがグループの意見ってことで、これに書いて……あ、僕、赤ペン忘れちゃった」

「三浦くん、これ使って」

そのとき、広崎が、すっと赤のボールペンをさしだした。

そのことにおどろいて、俺は思わずとなりの広崎を見つめる。

え……広崎、今、自分から三浦に話しかけた？

「先に使っていいの？」

「うん。私二本もってきてるから、今日一日それ貸してあげる」

「ありがと。やさしいね、梨奈ちゃん」

「梨奈、そんなことしたら、それ、三浦くんのものになっちゃうよ」

森島がわざと三浦をからかうようにいった。

「ひどい、さつきちゃん。僕、そんなことしないもん」

三浦もそれがわかっているようで、わざとらしくほっぺたをふくらませる。

「えー、だってその消しゴム、久美ちゃんのでしょ？　オレンジの香りがするやつ、もってるの見たことある」

「これは前に消しゴム忘れたとき、久美ちゃんがくれたんだよ」

「ほんとにー？　あやしい」

「ふふ、三浦くん、終わったら返してね」

「ひどい、梨奈ちゃんまで……」

「……」

きゃっ、きゃっ、とふざけあう三人の様子をながめながら、俺は頭の中でぐるぐると考えていた。

あれ？　広崎は男と話すのが苦手なんじゃないの？

俺の前ではいつも、カチカチになって緊張してるみたいに見えるけど。

三浦が特別なの？

それとも、俺だけ？

三浦と森島のテンポのいい会話をききながら、広崎はくすくす笑っている。

いつもカチカチの広崎しか見ていなかった俺は、そんな広崎が新鮮で、はにかんだようなその笑顔にドキリとした。

こんな顔して笑うんだな。

それに、表情もくるくる変わるし。

それから何日かたって、サッカーのワールドカップが開幕した翌日。

俺は朝からあくびが止まらなかった。

初日の昨日、日本の試合はまだ先の日程だったがブラジルの試合がおこなわれていた。

開催地と日本との時差の関係で、その試合は日本時間の夜中の十二時にキックオフとなる。

録画してあとで観ることも考えたけれど、どうしてもリアルタイムで観たかった俺は最後まで観てしまった。だから今朝は完全に寝不足だ。

気づくと自然とまぶたが閉じてきて、授業中必死に睡魔と戦う。

休み時間になって何度目かわからないあくびを、ふあー、とこぼしたとき、俺の数秒あとにとなりの席から、ふあ、とあくびをかみ殺したような音がきこえてきた。

反射的にそっちを見ると、口に手をあてた広崎と視線がぶつかった。広崎の目にはうっすらと涙がうかんでいる。

「あれ、広崎も寝不足？」

「う、うん……」

「もしかして、昨日のブラジル戦観てたの？」

顔を赤くして、広崎はコクンとうなずいた。

前の席の三浦と森島も、会話にまざってくる。

「僕も途中まで観てたよ。でも前半が終わったくらいで寝落ちしちゃった」

「梨奈、ルールもわからないのによく起きてられたね。日本の試合でもないのに」

「え、梨奈ちゃん、サッカーが好きじゃないのに夜中の試合をわざわざ観てたの？　どうして？」

「えっ、あ、えっと……」

「だってふつう、夜中に起きてまで観ないよ。なにか理由がないと。好きなサッカー選手がいるとか、彼がサッカーが好きだからとか」

「っ……」

三浦の指摘に森島はぶはっとふきだし、なぜか広崎はあせったようにあたふたしている。

「も、もうすぐサッカー好きになるのっ。今、ルールとか勉強中で……」

「勉強中って、なんか梨奈ちゃん、かわいー。ねえねえ、僕がルール教えてあげようか？　そうだっ、加瀬ちゃんが出るサッカー部の試合はいつ？　三人で応援にいこうよ。僕が解説してあげる」

「せっかくだけど俺、まだ一年だし、ベンチ入りできても試合に出してもらえるかわからないよ」

「あ、そっか」

「梨奈、サッカーのことなら三浦くんより加瀬くんに教えてもらえば？」

「さ、さつき……だ、大丈夫。これ読んで覚えるから」

広崎はあわてたようにそう言って、カバンから一冊の本をとりだしてみせた。

『初めてのサッカー　ルール編』

本当に一からルールとか覚えようとしてるんだな。

そのとき始業のチャイムが鳴って、三浦と森島は前を向いて次の授業の準備を始める。

本を手にとってパラパラとめくりながら、俺は広崎に話しかけた。

「この本だとルールは覚えられるけど、試合でのポジションの動きとかわからないかもな」

「う、うん、昨日の試合もみんなの動きが速くて……」

「『ひまわりとシュート』って漫画知ってる？」

広崎は、ふるふると顔を横にふった。

「それ読んだほうがわかりやすいかも。サッカー初心者の主人公が中学からサッカーを始める話なんだ。少年漫画だけど、絵もきれいだし、女の子でも読みやすいと思うよ」

「……」

「広崎？」

突然返事がなくなったので、本から顔を上げてとなりを見ると、広崎はガサゴソとノートを出して俺の言った漫画のタイトルをメモしている。

パタンとノートを閉じると、広崎は顔をまっ赤にしてうつむいたまま、消え入りそうな声で言った。

「あ、あの……ありがとう……」

はじらうような広崎の顔を見た瞬間、ドキッと心臓がはねあがる。

「あ、うん」

赤くなった顔をごまかすように、俺は手で口をおおって広崎から視線をそらした。

タイミングよく教室に先生が入ってきて、その話はそこで終わりになった。

授業中またとなりから、ふあ、とあくびをかみ殺す音がきこえてくる。

それに気づかないフリをしながら、俺は心の中でくすりと笑った。

ルールわかんないのに夜中の試合観たり、本買ってルール覚えようとしたり、広崎って、いつも一生懸命なんだな。

なんか、かわいいな。


それから俺は、少しずつ、広崎のことが気になり始めた。

席がはなれてからも、気がつくと広崎の姿をさがしていることがあって、そんな自分におどろく。

でもそのときは、この感情がなにかわからなかった。

それをはっきりと認めたのは、ある日の部活のときだった。

順番にひとりずつドリブルをしてシュートする。

その練習をくりかえしていたとき、同じサッカー部の先輩がこそっと俺に話しかけてきた。

「加瀬、ちょっとあっち見て」

「え?」

「家庭科室の中が見えるだろ?　あ、さりげなくだからな」

「あ、はい」

先輩に言われて、俺は素直に家庭科室に目を向けた。

「あれクッキング部だろ。さっきさ、かわいい子がいたんだよね。たぶん一年だと思うんだけど、加瀬、知らないかな」

「どの子ですか？」

「んーと……あ、いた。赤いエプロンしてる子。ほら、今、窓の近くにきた。あの子、なんて名前？」

「赤いエプロンですね。えっと……」

あまり露骨に見るわけにもいかないので、ちらちらと家庭科室の中を見ていると、先輩の言った通り、窓の近くに赤いエプロンの子を見つけることができた。

あーあれ、広崎だな……。

教室ではおろしている髪をひとつにまとめていたけれど、俺はそれが広崎だとすぐにわかった。

そっか、広崎、クッキング部なんだ。……似合ってるな、赤いエプロン。

けど、エプロン姿とか、ちょっと照れる。

照れをごまかすように、手で口をおおう。

「な。かわいいよな、あの子。『Ｔｈｅ女の子』って感じで。なんて名前？」

「……」

先輩は肩を組んで、ニマニマしながら俺にきいてくる。

デレデレした顔で広崎を見ている先輩を見ていたら、どうしても名前を教えたくなくて。

俺はとっさに「わかりません」と答えていた。

「え、あれ？　加瀬、おまえ、目あんまよくないんだっけ？」

先輩は俺が視力が悪いとかんちがいしたようだ。

本当は、広崎の顔がはっきりと見えていたけれど、俺は先輩のかんちがいにのっかる。

「あー、もしかして目が悪くなってきたのかも。ここからだと、はっきり顔がわからないです」

「なんだよ、仕方ないな。じゃあ他のやつにきくか。あーあ、さっきの子、どっかいっちゃった。あ、でもあの子もかわいい。クッキング部はかわいい子が多いなー」

先輩の気が広崎からそれたようで、ほっとする。

そして同時に、自分の気持ちに気づいてしまった。

……なんだ、そっか。

俺、ずっと広崎のことが好きだったんだ。

その日から俺は、グラウンドからいつも広崎の姿をさがすようになった。

ときおり見せる、ふんわりとしたそのやさしい笑顔にいやされる。

広崎、料理するの、好きなんだな。いつもすごく楽しそうにしてる。

俺と話すときと全然ちがう。

俺の前でも、あんなふうに笑ってくれたらいいのに……。


二年になって俺と広崎は、偶然にもまた同じクラスになった。

広崎のとなりの席が俺と同じサッカー部の長谷部だったこともあって、俺と広崎は一年のときより話す機会がふえていった。俺も、さりげなく自然に広崎に話しかけることができていたと思う。

そしてあの日の朝、偶然広崎に出会ってから、俺と広崎の距離は少しずつちぢまっていった。

ふたりでバス停までの道を歩くころには、広崎もだいぶ俺になれてくれて、ときどきカチカチになってしまうことはあったけれど、少しだけ言葉をかわせるようになっていた。

そうやって、ゆっくりと少しずつ、俺と広崎は近づいていって、あと少しでやっと広崎に手が届きそうになったとき――、

広崎は突然、俺をさけるようになった。

朝、いつもの時間に広崎がこなくなったのだ。

きっかけは、俺がとなりのクラスの鈴村に告白されたことだった。

朝、教室に入るとすぐに、俺が鈴村と一緒に登校したのを見たやつら数人に囲まれて、ひやかされる。

「なんでもないってことはないだろ。なかよく一緒に自転車登校しておいて」

「鈴村、かわいいじゃん。いいなー、加瀬」

「おまえら、俺の話ちゃんときけよ」

「照れるなって」

「けど知らなかったな。加瀬が鈴村を好きだったとはね」

は？　なんてこと言うんだよ。広崎にきこえたら、誤解されるだろ。

気になってちらりと見ると、広崎はうつむいて教室を出ていこうとしていた。

きこえてたかな？

「だから、ちがうって言ってんだろ」

念のため、広崎にきこえるように否定するけれど、その声にかぶさるように、クラスの女の子が広崎に話しかけてしまった。

「あ、梨奈ちゃん」

顔をあげた広崎の、今にも泣き出しそうな顔にドキリとする。

広崎は俺の視線に気づいて、すぐに顔をそむけてしまった。

広崎、なんでそんな顔……。

俺には、その涙の意味はわからなかった。


鈴村の告白をことわったことをはっきりと伝えたくて、俺は適当な理由をつけて長谷部の代わりに日直の仕事を引き受けた。先生にたのまれたプリントを、広崎と一緒に職員室から運びながら、俺は朝の教室でのことを思い返してみる。

きこえていたかどうかはわからない。でも、もしもきかれていたのなら、鈴村のこと、広崎には絶対に誤解されたくない。

階段のおどり場で立ち止まって、俺は朝の話をきりだした。うつむいてきいていた広崎だったが、途中で突然俺の言葉をさえぎる。

「大丈夫。加瀬くんの言いたいことはわかってるから」

「は？　広崎、なに言って……」

「……朝、もう一緒にいけないんだよね」

いつもとちがって、早口で話す広崎に圧倒される。

「私、明日から時間変えるね。あ、プリント、もってくれてありがとう」

急いで立ち去ろうとした広崎の肩をつかまえて、自分のほうに向ける。

「……広崎、泣いてる？」

想像していなかった広崎の泣き顔に、俺は動揺して手をはなしてしまった。

理由をきいても広崎は首を横にふるばかりで、答えてくれない。

気まずくなったのだろう。広崎はプリントを俺に渡して走り去っていった。

広崎と朝会えない日が一週間続いていたある日。俺はサッカー部のミーティングがあったので、少し早い時間に駅を通りすぎた。

そこで俺は三浦と一緒にいる広崎を見つけた。

三浦が朝、女の子に呼びだされていることをきいていた俺は、ショックを受ける。

……三浦を呼びだした女の子って、広崎のことだったんだ。

ふたりが一緒にいるのをこれ以上見ていたくなくて、俺はすぐにその場を走り去った。

信号で止まっていると、うしろから三浦がおいついてくる。

「ふー、やっとおいついた」

「え、三浦、広崎は？」

「梨奈ちゃんは、いつもバスで通ってるけど？」

「いや、それはそうだけど……」

俺は思いきって、ズバリときいてみた。

「三浦を今日呼びだしたのって、広崎だったの？」

「え？」

「昨日おまえ、女の子に朝呼びだされたって言ってただろ？　それで告白の返事をすることになってる、って……」

「ああ、そういうこと」

「三浦、広崎のこと、その……」

「梨奈ちゃんて、かわいいよね。梨奈ちゃんならOKしてもいいかも」

「……」

「なーんてね、冗談だよ。あせった？」

「な、結局どっちなんだよ」

信号が青に変わる。

動揺して出遅れた俺を、三浦はくすりと笑っておいぬいていった。

学校についてからも、俺はもやもやした気持ちをかかえていた。

さっきはああ言ってごまかしていたけれど、三浦が広崎を気に入っているのはまちがいない。広崎も三浦とは、女の子の友だちと話すようにうちとけて話している。

広崎と近いところにいる三浦の存在に、俺はあせっていた。

『また明日から、同じ時間にいってもいい？』

その日の夜に広崎からメールが届いて、俺と広崎はまた前のように、バス停までふたりで歩くようになった。

俺をさけていた理由について広崎は、顔を合わせづらかったとだけ教えてくれた。

本当はもっとはっきりとした理由をききたかったけれど、まっ赤な顔で俺の自転車の荷台をにぎりしめながら一生懸命に話す広崎を見ていたら、今はもうそれだけで十分だった。

広崎も、俺と歩くこの時間をもちたいと思ってくれている。

それだけは、広崎からあのメールをくれたことからもまちがいない。

けれど、今告白して広崎の気持ちを確かめて、もしも俺のかんちがいだったら、広崎はきっと気まずくなって俺をさけるかもしれない。

そう考えるとせっかく近づいてきた広崎との距離がはなれてしまうのがこわくて、俺はあと一歩をふみだせずにいた。

伝えたくて、でも言えなくて、想いがふくらんでいく。

だからあの保健室の日、広崎の口からこぼれおちた「好き」という言葉に、俺はまいあがってしまった。

くるんとしたまつげをふせて、広崎は眠ってしまっている。ふくらんだ想いをもてあました俺は、広崎の髪にそっとふれた。

「広崎……」

今、俺(おれ)がなにを言っても、広崎(ひろさき)はきっと覚えていないだろう。

それでも、どうしても今、伝えずにはいられなかった。

身をかがめておでこに唇(くちびる)をよせて、俺はやっと、ずっと伝えたかった気持ちを言葉にすることができた。

第十四章

『……加瀬(かせ)くん……』

『……好き……』


「あ……」

私(わたし)、加瀬くんに……。


自分が口にしたであろう言葉を思い出した私は、一気に耳までまっ赤になってしまう。

やっぱり私、加瀬くんに「好き」って言っちゃってたんだ……。

どうしよう……それきいて、加瀬くんはなんて思ったの？

こわい……加瀬くんの気持ちをきいてしまうのが……。

はずかしいのと、加瀬くんの反応を見るのがこわくてたまらない。

おそるおそる閉(と)じていた目を開いて顔を上げると、まっすぐに私を見つめる加瀬くんの瞳とぶつかった。

「……」

「……」

はずかしさと気まずさから、なにも言えなくなってしまい、少しの沈黙が続く。

「思い出した？」

しばらくして、ポリ、と鼻の頭をかいて、加瀬くんが口を開いた。

うつむいたまま、コクンとうなずいて返事をする。だって……目、見られない。

なにか言わなくちゃと思いながらも、私からは言葉を返せないでいると、加瀬くんが、核心にふれてくる。

「あのさ……、あのとき広崎が言った『好き』って言葉は、俺のもの、って思ってもいいの？」

「あ……」

「いや、あのときはもう、そうとしかとれなかった、ていうか。俺にくれた言葉だと思いこんでたんだ。だから俺、広崎に……」

そこまで言うと加瀬くんは、照れたように口ごもった。

おでこにキスしたことを言おうとしたんだと気づき、私もボンッと赤くなる。

「……やっぱ、いいや。あれはどっちにしても、広崎が眠ってるときの言葉だもんな」

加瀬くんの顔が、なにかを決意したようにこちらに向けられた。その瞳の強さにひきつけられるように、私もほんの少し顔をあげる。

加瀬くんはまっすぐに私を見つめて言った。

「だけど、あの日のことはもう、なかったことになんかできない」

「っ……」

「もう、今までと同じようになんて、無理だから」

「……加瀬、くん」

「広崎……」

私の瞳をとらえていた加瀬くんの瞳が、不安そうにゆらゆらとゆらめく。

言葉をえらぶように、加瀬くんはゆっくりと口を開いた。

「俺、広崎の気持ち知りたい」

「っ……」

「眠ってるときの夢の中の言葉なんかじゃなくて、もっと確かなものがほしい。俺の気持ちはもうわかってると思うけど、もう一度ちゃんと言わせて」

加瀬くんは、私の手をにぎってそっと引きよせた。指先からてのひらから、加瀬くんの熱が伝わってくる。私のドキドキも伝わってしまいそうで、はずかしくてたまらない。

加瀬くん、私……ドキドキしすぎて苦しい……。

つないだままの手が、そっとベンチの上に置かれて、指先に力がこめられる。

「いつも思ってたんだ。朝、バス停まで一緒に歩いてるとき、いつも……」

加瀬くんは、つないだ手をチラリと見て言った。

「本当はこうやって、広崎の手をとって歩きたいって」

私もつられるように、つないだ手に目線をうつした。まるで抱きしめられているかのように、私の手が加瀬くんの手につつみこまれている。

今さらながらつなぎっぱなしの手を見て、照れた私はパッとうつむいた。私の反応を見て、加瀬くんはクスリと笑う。

「たぶん広崎はそういう反応するだろうな、と思ったからしなかったけど、本当は、みんなにつないだ手を見せて言いたかった。三浦にも……」

「三浦くん、に?」

「うん、広崎は、俺のものだからって……」

「！」

加瀬くんの瞳の力が、強まる。

「俺にとっては、あの朝の時間は、メチャメチャ大切なものなんだ」

「加瀬くん……」

「だからあの時間を、三浦にもだれにもじゃまされたくない」

あ……それでいつか、三浦くんからかくれて……。

突然、加瀬くんに手を引っぱられて、自動販売機のかげにかくれたことを思い出す。

「あのときは、ごめん。突然引っぱられて、おどろいただろ」

私の考えていることを見すかすように、加瀬くんが言った。

「うん……」

「……」

「あ……す、少しだけ」

「いいよ。思ったこと言って。確かにあのときの広崎、メチャメチャおどろいた顔してた」

あわてて弁解する私を見て、加瀬くんはおかしそうにくすっと笑う。

「俺(おれ)、広崎(ひろさき)の考えてることなら、結構わかるよ」

「え……」

「ずっと広崎のこと、見てたから」

「っ……」

「だけど、広崎が俺のことをどう思ってるかだけは、自信ない。俺が近づくと、広崎がはなれていきそうになるから……」

「ちがっ……私……」

ちがうの、それはっ、加瀬(かせ)くんをどんどん好きになっていくのがこわかったから……。好きになりすぎて、いつか加瀬くんに告白してふられたときの傷(きず)が大きくならないように、自分の気持ち、おさえようとして……。

伝えたいけれど、うまく言葉にすることができない。

「だけど、もう限界」

加瀬くんが、不安をふきとばすかのように、さらにつないだ手に力をこめた。

「気持ち、おさえられない」

まわりの音が遮断(しゃだん)されたかのように、なにもきこえない。

「広崎……」

ドク、ドクと響く胸の音を感じながら、私は加瀬くんの言葉だけに意識を集中していた。すでに冷静でいられなくなっている私に、加瀬くんはさらに高揚させる言葉を発する。


「好きだよ、広崎。ずっと、ずっと好きだった」


う、そ……これは、夢? ううん、ちがう。だってつないだ手から、加瀬くんがふれる指の感触も、にぎりしめる手の力も、はっきりと伝わってくる。それに、顔がほてってたまらなく熱い。鏡を見なくてもまっ赤だとわかる。

まるで、のぼせてしまったようにクラクラとする私に、いつもよりかすれた加瀬くんの声が響いてくる。

「広崎の気持ち、きかせて……」

ゆらゆらと不安そうにゆらめく瞳は、私からの確かな言葉をほしがっている。

加瀬くん、加瀬くん……私も……。

ずっと伝えたかった言葉を口にしようとするけれど……。

や、どうしよう、声が……。

ドキドキも緊張もすでに自分のピークをこえていた私は、フリーズして声が出なくなっていた。

「っ……わた……」

声を出そうと試みるが、極度の緊張でかわいたのどがヒリヒリと痛むばかりで、想いを伝えることができない。自分の情けなさに泣きそうになりながら、私は涙目になって加瀬くんを見上げた。

「……そっか」

私の言葉を待っていた加瀬くんの顔が、悲しそうにゆがむ。

「ごめん。俺、広崎のこと、困らせたみたいだな」

そう言って謝る加瀬くんの顔には、あきらかに失望の色が現れている。

「ちがっ……」

加瀬くんのくれた言葉に対して、なんの言葉も発しない私を見て、加瀬くんは自分の気持ちを受けとることを拒否されたと理解したようだった。

「困らせるつもりじゃなかったんだ。どうしても伝えたくて。それに……」

加瀬くんが、もう一度抱きしめるように私の手をぎゅっとにぎる。

「広崎も、俺と同じ気持ちだと思いこんでたから」

……加瀬、くん。

「ほんとに、ごめん。俺の勝手な思いこみで、あんなことして。広崎は今日のことも、あの保健室でのことも全部、なかったことにしてくれていいから」

ずっとつながっていた加瀬くんの手が、私の手を置き去りにしてするりとはなれていった。

「あ……」

急にひとりぼっちにされた手を、私は見つめた。まだそこには、ほんの少し加瀬くんのぬくもりがのこっていて、さっきまでそこにあった手の存在感を大きくする。

ちがうの、加瀬くん。加瀬くんの前だから緊張してフリーズして、声、出なくて……。

本当は私も、加瀬くんのことが好き。大好き……。

心の中で声にならない想いを何度もくりかえすが、加瀬くんには届かない。

「もう、いこうか。駅まで送ってく」

加瀬くんが気持ちをきりかえるように、スッと立ち上がった。ズキッとにぶい痛みが胸を締めつけていく。

……や、待って。私まだ、加瀬くんに、なにも伝えてない。

自転車のハンドルに手をかける背中を見つめているうちに、吐き出せなかった気持ちが涙となって、ぶわっとあふれだした。

《言葉だけでは、伝わらないこともある。でも、言葉にしなければ伝わらないこともある》

恋助さんの小説のフレーズを思い出す。

あのときのアヤカと今の私は、すごく似ている。だってアヤカと同じように私も、つないだ手がはなれていったことに、さびしさを感じているから。

私も、ずっとずっと、加瀬くんのことが好きだった。いつか、この気持ちを伝えたいと思っていた。

今、加瀬くんに伝えなかったら私、絶対に後悔する。

立ち上がった私は、歩きだそうとした加瀬くんの自転車の荷台を、両手でガシッとつかんだ。うしろに引っぱられてふり向いた加瀬くんは、涙があふれでた私の顔を見て、おどろいたように目を見開いた。

「どうしたの、広崎?」

「……」

「なんで、泣くの？」

「……」

無計画に勢いで引き止めたものの、私の頭の中にはなんの言葉も用意されていない。しかもふり向いた加瀬くんに泣き顔を見られてしまい、はずかしさで余計に頭の中がパニックになってしまった。

「広崎？」

心配そうに問いかける加瀬くんのやさしい声に、また涙があふれてくる。

「泣かないで、広崎……」

加瀬くんは、私の流れ落ちる涙をぬぐおうと手をのばして、思いとどまるように、ピタッとその動きを止めた。

加瀬くん……。

ふれてもらえると思ったその手が寸前(すんぜん)で引っこめられてしまった瞬間(しゅんかん)、私の中から熱をもったなにかがこみあげてきた。その熱は、フリーズした私をじわじわととかしていく。

「加瀬くん、待って……」

「え？」

「手……」

「手？」

「手、もっとつないでいたい」

「え……」

「私もずっと思ってたの。いつか加瀬くんと……手をつないでとなりを歩きたいって」

「広崎、それって……」

「だから、手、まだはなしたら、や……」

「広崎……」


「……好き、なの。加瀬くんのことが、好き……」


さっきはふれる直前で引っこめられた加瀬くんの手がのびてきて、今度は私のほおにふれ、親指で涙をぬぐってくれた。

ふたたび加瀬くんの手からぬくもりが伝わってきて、私はとてもみたされた気持ちになる。

その手にふれたくて、私はほおにあてられた手に、自分の手をそっとのばした。すかさず加瀬くんが、私の手をとって、つつみこむようににぎりしめてくれる。

けれども、一度想いが通じることをあきらめかけたその瞳は、私の言葉をすぐには受け入れられないようだ。不安そうに瞳をゆらめかせて加瀬くんが問いかけてくる。

「広崎ほんと、に？　本当に俺のこと……」

「……うん。好き」

「すげ、うれし……」

加瀬くんの瞳から不安そうな色が消えて、クシャッと目が細められた。

自転車をベンチにもたれかけさせて、一歩近づいた加瀬くんが、私との距離をちぢめる。

近すぎる加瀬くんとの距離。それにつないだ手から伝わる熱が、私の胸をこわれそうなくらいドキドキさせる。

そのドキドキは、きゅうっと胸を締めつけて、立っていられないくらいの息苦しさを私に感じさせている。けれどもこの手をはなして加瀬くんから顔をそむけてしまえば、このドキドキが少しはマシになることを知っているのに、私はそれをしようとしない。

やっとつながった手を、心を……はなしたくない。

加瀬くんからの視線をすべて受けとめたくて、私は赤くなったまま、目線だけを下に向けた。

「広崎……」

指先でそっとほおをなでてから、加瀬くんはふわりと私をつつみこんだ。

私はドキドキするばかりで、どうしていいのかわからず、フリーズして「気をつけ」の姿勢でかたまったまま。

カチカチの私に気づいた加瀬くんが抱きしめる腕をゆるめて私の顔をのぞきこんでくる。

「イヤだった？」

「ううん。はずかしい、だけ……」

ふるふると首を横にふって、消え入りそうな声でつぶやくと、頭の上に加瀬くんの照れた声がふってくる。

「かわいい……」

「っ……」

「広崎、顔赤くなってる」

「え……や、見ないでっ」

赤くなった顔をかくそうとして加瀬くんの胸に飛びこむと、じかに伝わってくる鼓動が、トクトクと速くなった。

「……」

突然だまりこんだ加瀬くんを腕の中からそっと見上げると、加瀬くんもほんのりと顔を赤くしている。

「やっぱ、俺も緊張してるみたい」

「……」

「ていうか、ふいうちで抱きつくとか、反則」

「えっ、きゃっ」

自分の大胆な行動に今さら気づいた私は、あわてて加瀬くんの胸を押しもどしてはなれる。けれども背中にまわされた加瀬くんの手によって、私はまだ加瀬くんの腕の中に閉じこめられたままだ。

ふたたび加瀬くんのすんだ瞳が、私を見下ろしてくる。

「広崎、ちゃんと言わせて」

「……」

「俺とつきあってくれる？」

「っ、あ……」

ぼぼぼっ、とまっ赤になりながらコクンとうなずくと、加瀬くんの瞳がクシャッと細められた。

「あーえっと、その……よろしく、な」

「こ、こちらこそ、よろしく……」

ぴったりとくっついたまま、私たちはぎこちなく、つきあい始めの挨拶をかわした。

エピローグ

——まだ、ドキドキしている。

駅まで送ってくれた加瀬くんと別れてから、もう数時間たつのに、私の胸の鼓動は落ち着きをとりもどしてくれない。ううん、ちがう。私の心が落ち着いてくれないのだ。

加瀬くんが、私のことを好きだと言ってくれた。

『俺とつきあってくれる？』

はっきりとした言葉もくれた。包みこむように抱きしめてくれた。思い出すだけで、火がついたように赤くなってしまう。それから、手……。私は自分で自分の手を、ぎゅっと抱きしめた。

帰り道、加瀬くんと私はずっと手をつないでいた。つないだ手からおたがいに好きな気持ちが伝わってくるようで、たまにおとずれる沈黙もまったく気にならなかった。

駅につくと、なごりおしそうに加瀬くんが手をはなす。

「もうついちゃったな」

その言葉がうれしくて、くすぐったくって。私は自然に顔をほころばせた。

あまりにも心がみたされた甘い時間をすごしてきたので、あれは現実だったのだろうかとさえ、思えてくる。するとタイミングよく、さっきまでのことは現実だと教えてくれるように、加瀬くんからメールが届いた。

『明日の朝、駅の南口までむかえにいくから待ってて』

今までとちがう待ち合わせに、加瀬くんと私が今までとちがう関係になったんだと実感して、ちょっぴり照れてしまう。

返信するのにさんざん考えて、書いては消してをくりかえし、やっとのことで送信ボタンを押した。

「そうだ。恋助さんに、報告しておかないと」

スマホを操作して、いつもの投稿小説のサイトへきりかえる。

『うれしい報告があります。今日、学校帰りに彼と公園で待ち合わせをしました。そのとき彼に好きだと言ってもらい、私も自分の想いを伝えることができました。

途中、フリーズしてしまったけれど、アヤカの言葉や行動を思い出したら、私も伝えたいという想いがあふれだしてきて、いつのまにかフリーズがとけてぶじに想いを伝えることができました。恋助さんとアヤカに、背中を押してもらいました。ありがとうございます』

次の日の朝。いつも通りの日常が始まる。朝食を食べて、学校へいく支度をする。

「いってきます」

いつもの時間に出て、いつもの電車に乗る。昨日までと、なにも変わらない。

それなのに家でも電車に乗ってからも、なんだかそわそわして落ちつかない。毎日のように、バス停まで加瀬くんのとなりを歩いていたのに、まったく新しいことを始めるときのような気分だ。

「りーなーちゃん」

改札を出てすぐのところで、三浦くんに声をかけられた。

私がふりむくと、三浦くんはとなりに立って、手をグーにしてつきだしてきた。

「梨奈ちゃん、おめでと。はい、グータッチ」

「？」

なんのおめでとう？

よく意味がわからないまま、三浦くんとグータッチをかわす。

「梨奈ちゃん、ちょっとちょっと」

「三浦くん、なに？」

「いいから。ないしょ話」

手まねきされて顔をよせると、三浦くんはひそひそ声で言った。

「よかったね、加瀬ちゃんとつきあうことになって」

「！」

「じゃあねー、加瀬ちゃんによろしく」

ぶわっとまっ赤になった私を置き去りにして、三浦くんはバイバイと手をふっていってしまった。

な、なんで、三浦くん、知ってるの？

私、加瀬くんとつきあうことになったこと、さつきと恋助さんにしか、言ってないのに……。

動揺した頭でぐるぐると考えて、はっと気づく。

そっか。加瀬くんが言ったんだ、きっと。

ふふっ、なんだかんだいっても仲いいんだね、あのふたり。

ストン、と納得した私は、ドキドキしながら待ち合わせの南口へ歩いていった。


あ、もう、いる。南口を出てすぐのところに、自転車にまたがったままの加瀬くんの姿を見つけた。加瀬くんは、駅から流れ出てくる人の群れを、きょろきょろしながら目でおっている。

加瀬くんの目の動きが止まった。私を見つけて目が合うと、クシャッと細められる。

加瀬くんのこの顔、好き……。

思わず見とれて立ち止まると、加瀬くんが自転車を降りて私に近づいてきた。

「おはよ」

「お、おはよう」

数秒間、ふたりで見つめあう。

口元にうかべた照れた表情をかくすように、加瀬くんはぎこちなく視線をそらして歩き出した。

き、緊張する。何度も一緒にこの道を歩いているのに、初めて一緒に歩いたときのようにドキドキする。加瀬くんよりも二、三歩うしろを歩いていると、突然加瀬くんがくるりとふり返った。

「あの、さ……」

「う、うん」

「今日の帰り、部活が終わったら一緒に帰りたい」

「一緒に……」

帰りも加瀬くんに会えるんだ。そう思うだけでうれしくて体がフワフワする。

「都合、悪い？」

ブンブンと首を横にふると、加瀬くんは手をのばして私の小指をからめとった。

「約束、な」

指きりをしながら私たちは、つきあって初めての約束をかわした。

部活が終わる時間になり、みんなバタバタと帰り支度を始める。私も、次のメニューのレシピをかばんの中にしまうと、いすから立ちあがった。

「桃子ちゃん、バイバイ」

「あ、梨奈ちゃん。途中まで一緒にいこう」

「う、うん」

加瀬くんはサッカー部だから、着がえる時間も考えると、まだ待ち合わせの場所にいないよね。

もちろん、加瀬くんと一緒にいるのをだれかに見られてもかまわないんだけど、なんとなくはずかしいというか、照れてしまう。

並んで靴箱へ向かって歩きながら、桃子ちゃんが私にたずねてきた。

「ね、梨奈ちゃん。今日用事があるの？」

「え、どうして？」

「だって部活のとき、何度も時計をチラチラ見て、時間を気にしてたみたいだったから」

「そ、そうだった？」

「うん。だれかと約束してるの？」

「あ、うん。そう」

う、私って、そんなにわかりやすいのかな。

靴箱から靴をとりだして、床に置く。昼間よりもしずかなその場所に、タン、という音が響いてきこえた。

私より一足先に外に出た桃子ちゃんが、くるりとこちらをふりむく。

「私、今日はここで彼と待ち合わせしてるんだ」

「えっ」

加瀬くんが桃子ちゃんの彼より先にきたら、なんて言おう。

どうしようかとあせっていると、加瀬くんの姿が近づいてくるのが見えた。

スラリとした長い脚が、私の前で止まる。

「ごめん、遅くなって」

「ううん。私も今終わったばっかりだから」

私と加瀬くんの顔を交互に見ていた桃子ちゃんは、目を丸くして声をあげた。

「えっ、えっ？　梨奈ちゃんの約束してる相手って加瀬くんなの？」

「う、うん」

「それじゃあふたりは、つきあってるの？」

「えっと……」

なんと答えようかためらっていると、加瀬くんはポリ、と鼻の頭をかいて言った。

「……まあ、そういうこと」

「やだー、知らなかった。梨奈ちゃん、教えてくれないんだもん」

「ご、ごめんね」

「ふふっ、いいよ。なんかふたり、すごくお似合いだね」

「っ……」

「なっ」

「バイバイ、梨奈ちゃん、加瀬くん」

桃子ちゃんにひやかされながら、加瀬くんと私は自転車置き場へと歩き出した。

自転車置き場の自転車も、この時間はまばらにしかとまっていない。もうすっかり見なれた加瀬くんの自転車は、少しはなれた場所からでもすぐに見つけることができた。

加瀬くんがカチャッと自転車のカギを開けて、うしろに動かして、自転車を広い空間に出す。

「広崎、カバン貸して」

「は、はい」

カバンを受けとってカゴに入れると、加瀬くんは自転車をひいて私のとなりに並んで歩き出した。

校門を通りぬけると、街路樹からセミの鳴き声がきこえてくる。

あともうすこしで、一学期も終わり。

夏休みになって学校が休みになるのはうれしいけれど、こうやって加瀬くんと並んで歩くあの朝の秘密の時間も休みになってしまうと思うと、ちょっぴりさみしい。

「どうかした？　広崎」

「う、ううん、もうすぐ夏休みだなと思って……」

「あー、うん。まあ俺の場合は夏休みっていっても、部活があるから毎日学校にいかなきゃいけないんだけどね」

「え、サッカー部は夏休みも毎日練習があるの？」

「うん。試合が近いから、それまではたぶん毎日」

「いそがしいね、加瀬くん……」

毎日部活があるなんて、夏休み中ずっと加瀬くんに会えないのかな。

しゅうん、と落ちこんでいると、加瀬くんが照れたように指で鼻の頭をこすって、ぼそっとつぶやいた。

「……試合観にくる？」

「え」

「夏休みに大きい大会があるんだ。サッカー部以外の人も観にくる人多いし、よかったら……」

「い、いきたいっ」

「え……」

わ、私ってばなにも、あんな大きな声で言わなくても。

「あ、あの……がんばって、ね。必ず応援にいくから……」

かあ――っとまっ赤になって消え入りそうな声で言うと、加瀬くんはすこしおどろいたような表情を浮かべたあと、ほんのりと顔を赤くして言った。

「うん、ありがと」

「う、ううん、そんな……」

「それでさ……そのあと、時間あるかな」

「え?」

「試合が終わったら、会いたい」

「っ……」

立ち止まって、加瀬くんがまっすぐに私を見つめてくる。

当然私はフリーズしてしまい、声を出すことなんてできなくて。

ぶわっとまっ赤になった顔で、こくこくとうなずいてどうにか返事をすると、加瀬くんの目がクシャリと細められた。

「やったっ。夏休み、楽しみだな」

う、わ、その笑顔、反則。

私の胸が、きゅん、と音をたてたのがきこえたような気がした。

苦しいくらいの胸のドキドキをどうにかおさえられないかと考えていると、歩きだした加瀬くんがちょっぴりからかうような口調で言った。

「けど、よかった。広崎が、サッカーのルールを覚えてくれて」

「え……」

「ほら、一年のころに広崎、ルールがわからないって言ってただろ？　でも試合観にきてくれるってことはもう、完璧に理解してるってことだよね。これでやっと広崎とサッカーの話ができるな」

「え、あ、あのっ」

あせったからか、フリーズしていたはずなのにいつのまにか声が出せるようになっていて、私はあたふたしながら必死で加瀬くんに訴えかけた。

「あのね、加瀬くん。私まだ、全然完璧なんかじゃなくて、基本的なことしかわかってなくて……だから専門的な話とかされても……」

様子をうかがうように見上げると、加瀬くんは手を口にあてて笑いをかみころしている。

「え、加瀬くん、笑ってる？」

「はは。冗談だって。ごめん、そんなに必死になるとは思わなかったから……」

「ひ、ひどい、からかうなんて」

「だから、ごめんってば。ルールわかんなくてもいいから観にきて。広崎が応援してくれたら俺、メチャメチャがんばれそう……」

「っ……」

「あ……いや、そのっ、なに言ってんだろ、俺……」

一気に耳までまっ赤になった加瀬くんと私は、おたがいにぱぱっと視線をそらした。

加瀬くんの顔をまともに見られなくて、横を向いてさりげなく通りの景色をながめる。

ショップの前を横切ったとき、店のウインドウガラスに加瀬くんのとなりを並んで歩く私の姿がうつしだされた。

表情まではわからなかったけれど、そこにうつしだされたふたりはいかにも『恋人同士』という感じで……。

私は自分と加瀬くんの姿に、照れて赤くなった。

あとがき

はじめまして。高瀬花央です。

このたびは『君のとなりで片想い』を手にとってくださり、ありがとうございます。

なかなか想いを伝えられなかったり、色々すれちがったり……、梨奈&加瀬くんの不器用な二人の恋に、いっぱいじれじれさせられてしまったのではないかと思います。

この作品は、もともと『フリーズ・ガールの恋』というタイトルでエブリスタという小説投稿サイトに掲載していました。

初めのうち私は読む専門だったので、投稿された小説の中から胸がきゅんと、ときめくピュアな恋愛小説を探して読んでいました。そのうちだんだん自分でも書いてみたくなり、私の好きな純愛ストーリーを書いて投稿するようになりました。

本作は、私が書いた二作目の作品になります。

小説を投稿するといっても最後まで書き上げてからではなく、このお話に登場する恋助さんのように、書き終えたところまで数ページずつ更新していくというスタイルでした。

そのころはほとんど毎日書いていたので、まるで自分が梨奈のクラスメイトになって教室で梨奈や加瀬くんに会っているみたいな感覚でした。

書きながらずっと、一歩ずつ丁寧に歩んでいく二人の恋を応援していたので、書き終えた後は「梨奈、がんばったね。おめでとう!」という気持ちになりました。

みなさんは読み終えてどんな感想をお持ちですか?

恋助さんの小説が恋する梨奈の背中を押したように、この作品が恋をしている誰かの力になれたり、「恋がしたい」と感じてもらえていたら嬉しいです。

実はこのお話には続きがあります。続編を出すことがありましたら、本作でさらりとふれたさつきの恋や恋助さんの正体、そしてまたすれちがう二人の恋の続きを書きたいと思います。

見ているだけでドキドキが伝わってくる、素敵なイラストを描いてくださった綾瀬羽美様。ポプラ社の皆様。この作品の雰囲気をとても大事にしてくださりありがとうございました。これからも誰かの『恋する気持ち』を小説にして、みなさんに届けていきたいです。

二〇一八年七月

高瀬花央

作・高瀬花央（たかせ かお）

小説投稿サイト、エブリスタにて執筆活動を開始、本作で作家デビュー。ハッピーエンドの恋愛小説が好き。趣味は野球観戦。愛知県在住。

絵・綾瀬羽美（あやせ うみ）

少女漫画家。主な作品に『セイシュンノート』（全2巻）、『理想的ボーイフレンド』（1～6巻／「別冊マーガレット」にて連載中／以上すべて集英社）など。好きなものは猫。東京都在住。

この作品は、小説投稿サイト『エブリスタ』の投稿作品に大幅な加筆・修正を加えたものです。

2018年7月　第１刷　　2020年10月　第３刷

ポケット・ショコラ　4

君のとなりで片想い

作　高瀬花央
絵　綾瀬羽美
発行者　千葉 均
編　集　荒川寛子
発行所　株式会社ポプラ社
〒102-8519　東京都千代田区麹町4-2-6
住友不動産麹町ファーストビル　8・9F
電話（編集）03-5877-8108　（営業）03-5877-8109
ホームページ　www.poplar.co.jp
印刷・製本　中央精版印刷株式会社
book design　宮本久美子　楢原直子（ポプラ社デザイン室）
series design　宮本久美子（ポプラ社デザイン室）

ISBN978-4-591-15868-5　N.D.C.913　255p　18cm

P8046004